河出文庫

英子の森

松田青子

目次

英子の森

英子の森

高崎夫人は、自分で低脂肪乳を買ってくると言った。

それはその方が助かるかも、帰るの多分夕方過ぎるから、と言って出ていった娘の後ろ姿を玄関で見送った。高崎夫人はドアを閉めると、小花柄のエプロンを締め直しながら奥のキッチンに引き返した。小花柄のシャツの袖を肘の上までまくると、さっきまで朝食がのっていた小花柄の皿を洗いはじめた。白い窓枠にとまった小鳥が、高崎夫人のためだけにリサイタルを開いた。窓から見える前庭には淡い色の小さな花が咲き乱れ、高崎夫人の目を楽しします。すべて洗い終えると、高崎夫人は小花柄のエプロンをはずし、ウォールナット材のキッチンテーブルと対になったイスの背にかけた。小花柄のロングスカートを揺らしながら、高崎夫人は財布が入った小花柄の肩掛けかばんを手にとった。帰ってきたら、早速低脂肪乳でミルクティーを飲もう。低脂肪乳の方が、紅茶の表面に脂肪が浮かばないような気がするから好きなのだ。脂肪が紅茶の表面に浮かぶのは嫌いなのだ。

さあ、新しい一日のはじまりだ。高崎夫人が毎日情熱をもって磨いているケヤキの床がうっすら白く反射している。小花柄の壁に見守られながら、少し前に娘を送り出したばかりの玄関に向かう高崎夫人は、自分がハミングしていることに気がついていなかった。

娘は、まだ朝露が残る径《みち》を歩いていた。長い年月の間に踏み固められた細い土の径。昼には土ぼこりが低く舞いはじめるだろう。娘が歩をしるすたび、朝のあいさつをするように次々と足にふれてくる先の尖った草々が、娘が着ている服に雫を落とす。さっき通り過ぎたばかりの、森の入り口にある女たちの銅像は、今日も静かに踊っていた。後ろを振り返ると、森はまだ眠りの中にいるように見える。しかし森の奥では、リスやうさぎや鹿たちが、少しずつ今日の営みをはじめているはずだ。休みの日に娘が森の探索に出かけると、木の根もとにもたれてチーズとパンを食べている娘の膝まで勇敢にも上って来てはくるみをせがむ軽やかなリスたちを思い出して、娘は微笑んだ。小径の周りに広がる野原はまったく天国のようだった！　娘には見えない法則で、てんでに好きな場所に芽吹いた黄色や薄いピンク、水色や薄紫色の野の花たち。ナデシコ科、キンポウゲ科、マメ科、サクラソウ科、ヒルガオ科、ムラサキ科、シソ科、バラ科、ゴマノハグサ科、キキョウ科、キク科、ケシ科。アブラナ科。どれも娘お手製の植物事典にスケッチされている、目に馴染んだ花々だ。このまま傾いた木の柵を乗り越え、野原に自分の身を投げ出して、自然と、大地と、一緒になりたいという誘惑に娘はかられた。そうできたらどんなにいいだろう。娘は仕方なく歩き続けると、小さな木の橋までやってきた。川岸に立つ大きな柳の木がこの小さな橋の上に覆い被さっている様子は、まるで柳の精が小さな橋を守ってあげているようで、いつも娘を幸せな気持ちにさせる。橋を渡りしな、娘はやわらかい、すべすべした布のような葉が無数についた枝をなでた。儀式のようなものだった。そして言った。「いってくるわ」。木の橋を渡り終えると、足の下の感触がアスファルトに変わった。娘はもう一度つぶやいた。「いってきます」

集合は、東京駅直結の高層ビルの五階だった。はじめて来たが、カンファレンス・ホールというぐらいだから、様々な会議が行われる場所なのだろう。高崎英子《えいこ》はいつの間にかスーツの肩にとまっていた綿毛をはらった。野原でそよ風に吹かれていたタンポポの様子を頭の中で思い描いた。紺色のスーツは、母が大学入学時に買ってくれたものだ。大学の正門の前で、母と並んで写真を撮ってから十年、まさか自分がまだこのスーツを着ているとは、その頃の英子には想像もつかなかった。十年間服のサイズが変わらないことが、うれしいよりも情けないような心持ちだった。そのときの写真は、母の部屋の、ドレッサーの上に飾られている。今よりも十年分若い写真の中の母は、白いブラウスにベージュの、無地のスーツを着ている。二人とも、緊張した顔をしていた。英子は、この写真を見るたび思う。これから入学するわたしはわかるが、母は何に緊張していたのか。

集合時間よりも早く到着してしまったので、一階のコンビニで時間を潰した。場所柄かコンビニには高級感があり、なぜか外国の文房具も売られていて、感心して外国製のはさみを買った。どうして買ったんだろう、別にいらないのにと思いながら、はさみの入ったビニール袋をかばんの中に押し込むと、エスカレーターに乗る。目的の階につくと、エスカレーターのすぐ前に、縦長の会議用デスクが一つ置かれていて、受付と書かれた白い紙が貼ってある。何度か現場で一緒になったことがある三浦さんが、英子を見つけて、笑顔で手を振ってくれた。

医学会の参加者たちが会議室に吸い込まれてしまうと、途端に暇になった。次にはじまる会議のネームプレートやパンフレットを補充したら、すぐに手持ち無沙汰になった三浦さんと英子は、遅れてきた参加者や質問がある人が来るかもしれないからと本部の人に言われ受付から動くこともできず、ぼんやりパイプイスに座って話していた。しかし何か質問されてもたいしたことは答えられないだろう。だってはじめて来た場所だし。もちろん医学会の内容なんてもっとわからない。ぺらぺらとパンフレットをめくってみても、本当に同じ日本語かと思うほど何一つとして理解できない。

「アボカドのポテトサラダ用意してきたのよ。どこかのお店でサラダとしてでてきたのをアレンジしたの。どこだったかなあ。あと白ワインも冷やしてきたし」

三浦さんは、夫の仕事の関係で五年ほどアメリカに滞在し、三年前日本に帰ってきた。英語力は使わないと落ちるからとネットで英語を使う仕事をメインに紹介してくれる契約会社を見つけて登録した。やっぱりね、スーパーのレジとかより、世間体もいいしね。お友達にも言われるのよ、英語使える人は違うわねって。はじめて英子と現場が一緒になった日、三浦さんは笑いながら言った。苦い笑い方だった。あのときの現場も医学会だった。

「えーと、なんでしたっけ、森のミルクって言うんですよね、アボカド」

「ううん、ちがう、森のバター」

「あっ、そうでしたっけ」

英子は、さっきまで参加者の名簿に線を引いていたラインマーカーを、手の中でくるくる回す。いつの間についたのか、中指の爪のすぐ下ぐらいに、黄色いラインマーカーが付着していた。肌にのったラインマーカーの色は汚くて、げんなりした気持ちになった。

「そうそう」

「なんで、森の、なんですかね。森に生えてるんですか、アボカド？　うちの森に生えてるの見たことないですよ」

「そういえばうちの森にも生えてないわ。そもそもアボカドって森っぽくないわよね。もっと南国ぽいわよね。ほら、マンゴーとかドリアンみたいな」

「そうですよね。わたしもそういうイメージです」

巡回に来た本部の人が、こっちを見て、口に人差し指をあてた。

「ちょっとぐらいいいじゃないねえ、することないんだから。はじめの話とちがってたいして英語が使えるわけでもないし、嫌になるわね、まったく」

本部の人がその場を離れた瞬間、三浦さんは小さな声でぼやいた。それから、「はい、あげる」。ポケットから飴を出して、英子にくれた。

三浦さんがくれた飴をなめながら、英子は今日自分が使った英語を思い出してみた。「こんにちは」「お名前は？」「今日のパンフレットです。はい、どうぞ」「トイレはあちらです」「良い一日を」

この五つのフレーズの繰り返しだった。こんなの一度覚えれば、誰だってできるだろう。これって、英語を使ったことになるのかな。英子はイスに座り直すと、姿勢を正した。あと十分で、会議が終わる。

高崎夫人は、森で採集したばかりのきのこのクリームスープを口に運んでいる娘の顔を見つめた。小さな口が小さな動物のように動く。

「今日はどうだった？」高崎夫人は、娘に問いかける。「まあ、いつも通りかな」。言うと高崎夫人お得意のローストビーフに大きな口でかぶりつく娘を見て、「そう」。高崎夫人はやさしく微笑んだ。「あなたは英語ができるんだから、優秀なんだから、それを活かさない手はないものね」セロリのサラダを娘の皿に取り分けると、「あの人のようにはなっちゃ駄目、なっちゃ駄目よ」。高崎夫人は、いつものように話を締めくくった。

娘が二階に引き揚げた後、高崎夫人は一人ダイニングルームのイスに座って、お気に入りの小花柄のカップでハーブティーを飲んだ。娘にもすすめたが、眠くなるからと言って断られた。なんてえらい子なんだろう。高崎夫人は、絶妙に微妙な色をしたハーブティーを見つめた。ふやけて浮かんでいるティーバッグの中に小さなハーブの森が閉じ込められていた。そう、そうなのだ、あの人のようになっては駄目。絶対に駄目。高崎夫人は、頭の中で何度もうなずいた。わたしたちは、見てきたのだ。見たのだから、そしてその結果を知っているのだから、同じミスを犯すわけにはいかない。娘もあのとき、一緒に見たのだ。一緒に感じたのだ。

高崎夫人は、キッチンの小花柄の壁にかけてある、娘がクリーニングに出すと言って持っておりてきた、今日一日娘が着ていた服を見つめた。十年間、娘と一緒に歩んできた服だ。高崎夫人は、ふっと立ち上がると、小花柄の壁に近づき、娘の服をやさしくなでた。高崎夫人の細い手が、しっかりした生地の上を何度も往復した。

小さな花が刺繍された白いレースのカーテンの向こう、ガラス窓の向こうに、真っ暗な夜が見える。娘はローズウッドの書き物机に向かうと、問題集に印刷されている新聞記事を訳しにかかった。週二で通っている通訳と翻訳を学ぶ専門学校の課題だ。

「あなたは英語ができるんだから、優秀なんだから、それを活かさない手はないものね」

夕食の席で母は言った。今まで何回聞いたセリフだろう。

わたしは英語が話せます。

アイキャンスピークイングリッシュ。

アイキャンスピークイングリッシュって、どこまで話せればアイキャンスピークイングリッシュって言えるんだろう。自信を持って、胸を張って言えるんだろう。アイキャンスピークイングリッシュって、言っていいんだろう。そこからわからない。英語話せるのかな、できるのかな、わたし。

確かにずっと英語を勉強してきた。中学の授業でも、下手すると国語よりも英語をがんばって勉強した。どうしても馴染めないという同級生もいたが、娘は、英語が得意だった。英語ができると後でいいことがある。先生が言った。テレビが言った。広告が言った。母が言った。だからますます英語のことが好きになった。英語はわたしを違う世界に連れて行ってくれる魔法。新しい世界につなげてくれる扉。そう信じていた。英語は魔法。英語は扉。じゃあなんで今のわたしはこんなところにいるんだろう。

娘は、どこかの国の交通事故を伝えるいつぞやの新聞記事を、熱意を持てないまま訳していった。何のために今、わたしは過去の新聞記事を訳しているんだろう。不毛な作業だ。だけど意外なほど厳しい専門学校の授業に、課題をやらないまま出席するわけにはいかなかった。常に硬い顔をした女性講師の姿が頭に浮かんだ。パールのイヤリングに地味なスーツの、笑わない顔。娘は、ぼんやりと新聞記事を見つめた。

自分がわかる単語とわかる文法だけで構成された文章はぱっと頭に飛び込んできた。自分がすぐに完全に理解できたということで、すごく大事な一文に思えた。わからない単語や文法があったりしてすべてが理解できない一文は、にごって見えた。自分にすぐ理解させてくれない、意地悪な、腹立たしい文だった。わからない単語があるたびに、わからない一文が出現するたびに、胸を張って、外でアイキャンスピークイングリッシュと言えないような気がした。自信がなくなった。辞書があれば大丈夫だった。わからない単語を辞書で引くのは、森の中に分け入るようなもので、木々をかき分け進んでいくと、何も邪魔するものがない野原に出るのだ。それは地道な、けれど壮快な作業だ。だけど時間がかかる分、自信を持てなかった。わたしは英語に自信がない。英語で生きていく自信がない。わたしなんて何でもない。わたしはきっと何にない。

もなれない。もう何年も母に言えないままだった。小さな頃から、英会話スクールに通わせてくれた母には。学生のとき、オーストラリアに一年間の短期留学をさせてくれた母には。出世払いよと言いながら、今、専門学校の授業料を払ってくれている母には。あの人のようになるなと母はいつも言う。あの人って誰と聞くと、そのたびに母は悲しい顔をした。多分過労で死んだ父のことだろう。そう思うと娘の口は次の言葉を形作ることもなく、閉じた。

娘は、翻訳の課題を片づけると、パソコンを開き、メールをチェックした。契約会社から、来月の仕事を紹介するメールがいくつか届いていた。

［英語を活かせるお仕事☆］
業務：国際会議での受付、クローク係。
時給：1100円

＊英語を使わないポジションもございます。お問い合わせください。
時給：1050円

たった50円。末尾に添えられた一文に今日も体の力が抜けていくような気持ちになった。英語を使う仕事と英語を使わない仕事、その差50円。なんだこれ。笑ってしまう。でも笑わなかった。一つも笑えなかった。娘は、エントリー希望の返信をするとパソコンを閉じた。立ち上がって、やわらかいレースのカーテンがかかった窓から外を眺めた。星座柄の暗い空。木々の気配、眠りについた動物たちの気配。静かだった。

肌に馴染んだ白いコットンの寝間着を着た英子は、いつか母が何かのバザーで手に入れてきた小花柄のキルトがかけられた真鍮のベッドにどすんと横たわった。小さな花がちりばめられた壁、天井、英子の部屋。英子は、やさしい小さな花たちに見守られながら、目を閉じた。そもそも、活かせる、ってなんだ。どうしてだろう。はじめて英語を使う仕事をしてからずっと、英語を使っているのではなくて、英語を使わせてもらっているような気がしていた。英語を使うことのできる仕事を、見えない誰かに用意してもらっているような気がするのだ。使わなくてもいいものを使いたい使いたいと思う、その気持ちを見えない誰かに見透かされていて、ねえ、そんなに使いたいんだったら、50円差でもいいですよね、だって使いたいんでしょうあなた、それを、英語を。そう思われている、そう蔑まれているような気がした。娘は体を反転させると、小さな花の模様の枕に顔をうずめた。

「うわ、ほんといい森ですね」

「そうなの、いい森なのよ。掘り出しものだって不動産屋でも言われて、もう即決よ、即決」

「確かに、これは即決しちゃいますよね」

斉藤さんの森には昼過ぎの光が差し込み、英子が見上げると、木の葉や羽毛がスローモーションで回転しながら舞い落ちてくるのが見えた。一瞬、植物園の片隅にあるような、天井の高い、透明な温室にいるみたいな心地がした。世界から忘れさられた温室。鳥のさえずりが、風と森が感応する音が、英子の編み上げブーツが踏みしめた小枝小石のはぜる音が、愛おしかった。跳ね上がった泥でくるぶしまである山鳩色のスカートのすそが汚れることさえ森では愛おしかった。

「素敵」

「ね、素敵」

少し進むと、小さな川が目の前に現れた。斉藤さんは、気をつけてと英子に注意しながら、ぽんと小川を飛び越えた。英子もスカートを片手でたくし上げると、小さな川を、小石と小魚と小蟹が同じようにきらきら光って見える浅い川を、ひょいと飛び越えた。それだけでなんだか大きな冒険をしたようで、笑いが止まらなくなった。斉藤さんと英子はそのまま笑いながら、走った。二人の背後で、かえるがぴょんと飛んだ。

ピンク色の外壁には一面クリーム色のばらが這っていて、天然の壁紙みたいだった。白く塗られた柵にはつるばらが満開。その周りで、蝶と蜂がダンスしている。

家の中の壁紙もばら柄だった。英子は、親しみを込めて、渋い緑色の壁の上に咲き誇っている黄色のばらをなでた。二階への階段の手すりの端には、くちばしに特徴のある、いかめしい顔をした鳥の彫り物が取りつけられている。階段の横の廊下をそのまま進む斉藤さんの後に続きながら、英子は、その鳥もなでた。鳥はつるつるとして、黒く光っていた。

「うおお」リビングに通された英子は思わず声を出した。天井から大きなシャンデリアが吊り下がっている。単体として考えても十分に大きかったが、一人暮らしの斉藤さんの部屋の大きさを考えるとますます大きく感じた。映画みたいに、もしシャンデリアが天井から落ちてきたとしたら、壁にへばりつくぐらいしか逃げ場がない。英子はきらきら光るシャンデリアに圧倒された。

「ふふ、すごいでしょ」斉藤さんはにこにこしながら言った。「９００点突破記念よ」。

シャンデリアに目が眩んでいた英子は我に返ると、「さすが斉藤さん、有言実行ですね。おめでとうございます。これ、母からです」と手にさげていた小花柄の布がかかった柳のかごを斉藤さんに手渡した。「あらら、気を遣わせちゃって悪かったわね」斉藤さんはかごを受け取ると、英子を残し、奥のキッチンへ消えた。

頭上にシャンデリアを感じながらソファに座った英子は、部屋を眺めた。お行儀が悪いかもしれないけれど、人の部屋を見るのは好きだった。普段会っているだけではわからないその人のヒントが、部屋の中にはたくさん隠れている。ソファは、大きなばらと蔦がからまりあった柄だった。英子はソファのざらざらとした分厚い布地をなでた。いい素材っぽい。目の前にあるテーブルには、ばら模様のテーブルクロスが掛けてある。斉藤さんの家のばらを全部数えたら何万本になるんだろう。あれ？　真正面の壁にある木枠の窓をしげしげと眺めて、英子は首を傾げた。窓の向こうには、太陽の光を浴びながらいろんな柄のばらの花が咲き乱れている。水玉やストライプ、格子柄のばら。

「おもたせですけど」卵の黄身でつやつやと輝く母お得意のベリーパイとお茶の用意をのせたトレイを持った斉藤さんが部屋に戻ってきた。

「斉藤さん、あの窓」英子はおずおずと、ばらのふちどりがあるティーカップに細心の注意を払いながら紅茶を注いでいる斉藤さんに聞いた。紅茶に集中したまま、斉藤さんは、ああ、あれ、自分で描いたの、その向きに窓が欲しいなと思って、いいわよ、雨の日でもあの窓だけ晴れてて、と言うと、紅茶を注ぎおわったカップとソーサーを、英子の前にかちゃと置いた。英子はティーカップを持ち上げながら、ああ、やっぱり、なんか変だなと思ったんですよ。紅茶に口をつけると、味よりもまず鼻から流れ込んできたばらの香りにくらくらした。

斉藤さんは、絵の窓をちらっと見て少し恥ずかしそうな顔をしながら、英子の母が作ったベリーパイを口に運んだ。母が前日、森で摘んだ数種類のベリーのパイだ。

「全部が全部思い通りって言うわけにもね。やりくりしていかないとね。でもあれでしょ、最後の一葉みたいで結構いいでしょ」

「なんですか、それ？」英子も、母のパイを一口食べた。よく知っている、甘酸っぱい味がした。

「病気の人がね、窓の外に見える木の葉がぜんぶ落ちたら自分は死ぬとか言うからさ、その人の友達が絵の具で描くのよ、葉っぱを壁に。絶対落ちてしまわないように」

「へー、いい話ですね、それ」

「そうなのよ、昔英語の教科書で読んだのよ」

「わたしのときは、おおきな木が載ってましたよ。大好きな少年のために全部我慢する木の話」

「なんか辛気くさい話ばっかり載ってるわね。それより、英子ちゃん、TOEICはいま何点なの？」斉藤さんが、ぐっと身を乗り出した。斉藤さんがそれを聞くのは二回目だった。一回目は、二週間前。

「ねえねえ、英子ちゃん、TOEICはいま何点なの？」

レシーバー片手に巡回中の斉藤さんが、英子の座っているパイプイスの横にそそと立つと、体を傾けるようにして聞いてきた。びっくりするくらいふかふかの絨毯の上に、冗談みたいなパイプイスが等間隔に置かれている。座りっぱなしでおしりが痛かった。四日目ともなるとパンプスのつま先が痛んで痛んで、両足の指すべてに絆創膏を貼っていた。この仕事が終わってしばらくたってから、なんか黒くなってるなと思ったら、足の指の爪が左右二本ずつくらいはがれてびっくりした。

「えっと、もう三年くらい受けてないですけど、そのときで850点ぐらいだったので、今はもうちょっといくと思うんですけど」

「あら、そうなの、駄目よ、一年に一回は受けないと。やっぱね、最低でも900点はないとね。わたし、前回受けて結果を待ってるんだけど、今度は絶対900越えてみせるわ。ほら、会社員とかで６００、７００点あったらすごいみたいなの、笑っちゃうわよね。話になんないわよ」

「でも、ＴＯＥＩＣとかって受験勉強と一緒で勉強したら点数取れちゃうから、実際問題その人の本当の英語力と結びつかないっていうじゃないですか。点数だけ高くて、ぜんぜんしゃべれない人とか、点数は低くても、ばりばり現地の人と渡り合える人もいるし。結局点数じゃないっていうか。まあ、そりゃ、自分も高い点数取りたいですけど」

「そうよ、絶対点数高い方がいいわよ。どんぐりのせいくらべだって言ったってね、結局箔がつくじゃない。私たちにとったら死活問題よ。ていうか、この仕事なんなの、謎、謎の仕事。絶対もうやらない」

　今度うちの森に遊びに来ない？と最後に言うと、弓のようにカーブしたなだらかな廊下の奥に斉藤さんの姿は消えた。

　今、自分が、六本木の高級ホテルの七階の廊下で、一週間過ごしていると誰が思うだろう。英子は耳につけたインカムの位置を直した。

「もう一度お願いします。キャッチできませんでした」「さっきの情報ですが、アップデートしましたでしょうか？」「コンファームしてよろしいですか？」

本部の人たちの妙にカタカナが多いやりとりが時たま耳に入ってくるが、ぜんぜん意味がわからない。意味がわからなくても英子の仕事にはそんなに関係なかった。詳しいことはわからなかったが、海外の投資家相手の説明会のようなものがこのホテルで毎年大々的に行われており、ホテルの一室一室に日本の企業があてがわれ、一時間サイクルでその部屋を投資家が訪れては各企業の説明を聞き、次の部屋を巡っているらしかった。英子たちは、自分が割り当てられた二、三の部屋を訪れる投資家たちの名簿をチェックし、十分前と終了時刻を告げるタイムキーパーの係だった。なんだこの仕事、とオリエンテーションの日の段階で思ったが、エントリーしてしまったからには、一週間我慢するしかなかった。ほんとに謎の仕事だった。英子は、スーツのポケットに手を入れると、リップクリームを取り出し、ホテルの廊下で乾燥する一方のくちびるに塗りつけ、今度はボールペンを取り出すと、ツボ押しがわりに、親指の付け根に押しつけた。昨日の終わりに、国内の大手企業の人たちが帰った後、点検のために入った部屋で頂戴したホテルの備品のペン。座っている英子の前を何度も通過する、常に二人一組で行動している掃除係の人たちのエプロンに何本もささっていて、なくなっているのに気づいたらすぐ補充しているのを見たので、一本くらいもらってもいいだろうと思った。反対側の部屋はホテルの庭に面しているけど、こっち側の部屋は眺めがいいと、企業の人が言っていたのを思い出して窓の外を見たら、夕焼けがきれいだった。廊下にいると、外の景色はまったく見えない。英子は、今部屋の中で行われている会議がはじまる前、部屋に颯爽と入っていった通訳の女の人を思い出した。本人は颯爽としているつもりはなかったかもしれないが、英子には颯爽として見えた。なんてかっこいいんだろう。あの人みたいになりたい。廊下でこんなパイプイスに座っているんじゃなくて、わたしも部屋の中でちゃんと必要とされたい。わたしの英語が、違う言葉を話す両者の間の架け橋になるのだ。彼らは説明会の終わりに、きっと感謝するはずだ。あなたがいなかったらわたしたちのこの時間は成立しなかった。そして握手を求められる。わたしは微笑んで言う、「ノープロブレム」。実際は、「お名前は?」「あと10分で時間です」「時間です」「良い一日を」

同じフレーズの無限ループ。いつかこのループから抜け出せる日がくるんだろうか。このまま努力し続けたら。

あまりにも暇なので、英子は自分と同じように等間隔で置かれたパイプイスに座って、同じようにぼんやりしているタイムキーパーたちの姿を眺めた。五十分あまりをパイプイスに座って待機しなければならないので、目立たないように手帳を広げ、何か書き込んでいる女の子がいた。あの子は、将来女子アナになりたい、英語しゃべれた方が有利だよねと昨日のお昼休み、用意された唐揚げ弁当を食べながら言っていた。その後、わたし、毎日唐揚げ弁当がいい、と満足気につぶやいた。足を組んでいるのを見つかっては本部の人に何度も注意されている女の人がいた。あの人は、英語の仕事を紹介してくれる契約会社に三つ登録していて、ほかの現場でもよく一緒になる。今年四十三歳になったと前に聞いたことがある。遠くの方で、規則的にゆらゆら上下に揺れている、居眠り中の女の人は、三浦さんだった。なんで皆そんなに英語が好きなのと不思議な気持ちになった後、自分もそうだったとがっくり思った。

気がついたら沼の中だった。足が浸かって、動けなくなっていた。皆同じように沼の中で静かにしていた。静かに何かを待っていた。何を待っているんだろう。いつか。いつか。いつかたどり着けるんだろうか。いつか階段を上ることができるんだろうか。こんなに動けないのに。黒いパンプスとストッキングをはいた英子の足の隙間をまるでパテのように泥がきれいに埋めてしまった。英子は靴の中でも、沼の中でも身動きをすることができない。裸足《はだし》になってから沼に入ればよかった。そうすればこの冷たい泥も少しは気持ちよかったのに。しかしいつ自分が沼の中に入ったのか、英子は少しも思い出せなかった。ほんとは思い出せた。はじめてアルファベットを知った小学生のあの日からだ。親戚の誰かが海外のおみやげで持ってきた、動物のキャラクターが描かれたアルファベットのカードがはじまりだった。その後のことはもうよく思い出せない。

「8階、ほうれんそうでお願いします」

「8階、疲れているかもしれませんが、冷静に対処してください」

インカムから本部の人のいらいらした声ががさがさした音に混じって聞こえてきた。八階で何が起こっているんだろう。何か起こりそうな仕事内容じゃないけどな。こんなホテルの七階に閉じ込められて、八階で何が起きているのかもわからない。何が起こっているんだろう、わたしに。ここにいるわたしたちに。英語じゃどこにも行けない。むしろ英語のせいで、一日ホテルの廊下に座らされている。

あの仕事はつらかった。思い出して、英子は奥歯をかみしめた。

「わたし、次の目標は950点だから。英子ちゃんもがんばんなよ、なまけてないで。ねえねえ、ずっと前にとったボランティア通訳検定の賞状見る？　V検なくなっちゃったけどね、あはは、この賞状どうなんの」

斉藤さんがシャンデリアの下で笑っていた。

森の入り口では、銅像の女たちが五人向かい合って踊っていた。ストンとした足首までのさらさらしたドレスを着て、頭には花冠をつけている。石でつくられているのに、さらさらした生地だってわかるのすごいよな、ドレープっていうか、と娘はいつも感心した気持ちになる。通り過ぎるときに、それぞれの花冠の色を想像してみたりした。娘の頭の中で、女たちは季節によって、気分によってちがう花冠を頭にのせて、ゆらゆらと踊っていた。今日はそんな心の余裕もなく、娘は銅像の女たちの横を勢い良く走り抜けた。

短い石段の隙間という隙間から、薄紫や白色の小さな花が顔を出し、遠くから見ると、石段全体が、ぽわぽわっときれいな色の黴に覆われているようだった。薄紫はコスミレかタチツボスミレ。娘は、極力花を踏まないように、石段を駆け上がると、白く塗られた家の柵を抜けた。娘の勢いに逃げ損なった羽虫が一匹、娘のくちびるの上でつやつやと光るグロスの沼につかまって、動かなくなった。

「斉藤さんの森はどうだった？」高崎夫人がキッチンに入ってきた娘に振り返ると微笑んだ。「うん、素敵だった」。娘は小さな花が薄くすけたティッシュペーパーでくちびるをごしごしとこすりながら、小さな声で言った。「そう」高崎夫人は、さらに微笑むと、鍋に目を戻した。その背中に向かって、娘はつぶやいた。

「ねえ、ママ」

「なあに?」

「ママ、この森を出よう」

娘からの思いがけない言葉に、高崎夫人は、いつもより高いトーンの笑い声をあげた。

「なんてこと言うの。この森はいい森よ。やっと見つけた森じゃないの。どうしてそんなこと言うのよ」

「ねえでも、このままじゃ駄目な気がする。森にいたら駄目になる気がする」めずらしく娘がさらに言い募る。一瞬で高崎夫人の胸が締めつけられた。

「何言ってるの。ねえ、何の不足があるの。あなたのためを思って森に引っ越してきたんじゃないの。あなたも森がいいって言ったじゃないの。これ以上の環境ないわよ。今さらどうしたいって言うのよ。あの人みたいになりたいの!」言っているうちに、高崎夫人の声からは笑いが消えていき、怒りといらだちの要素が強く感じられるようになった。なぜ。どうして。どうしてこの子は突然そんなことを言い出すのか。なぜこれまでのわたしたちを否定しようとするのか。こんなにしてやっているのに、それを理解してくれないのか。娘が、あの人のようにならないように、わたしのようにならないように。ずっとそれだけを思ってきたのに。つやつやと輝く木の床を力なく見下ろしている娘を高崎夫人は見つめた。ぐしゃっと丸められたティッシュの塊が、いつの間にかテーブルの上に出現している。この子はたまに恐ろしい生き物になる。理解できない、何か恐ろしい生き物に。てんとう虫がこわいと言って泣き叫んでいたとき。てんとう虫なんて少しもこわくないのに。クラスのお友達が通っているのをうらやましがってあれだけ習いたいと言ったバレエ教室に二回通ったらもう行きたくないと言い出したとき。本当に意味がわからなかった。ピアノ教室も駄目だった。どうしてだかあの子が続いたのは英語だけだった。中学生の頃、あんなに日焼け止めを塗れと口酸っぱく言っていたのに、塗らずに友達と海水浴に行って全身真っ赤になって痛い痛いと泣きながら帰ってきたとき。うどん屋のアルバイトをすぐ辞めたとき。いくつになっても、わかっているようでわかっていないのだ。この子はまだ子どもなのだ。わたしが守らなければ、すぐに谷底に落ちていってしまう子どもなのだ。

この人はたまに恐ろしい生き物になる。「ママはいやよ、絶対いや。ママはこの森から出ません」。これ以上聞くことは何もないとシャッターを下ろした母のことを娘はぼんやり見つめると、「そう、わかった。ちょっと言ってみただけ」と小さく言い、着替えるためにキッチンを出た。不自然に静かな夕食の後、娘はすぐ二階に戻る気にもなれず、そのまま表に出ると、夜空の下を歩いていった。靴が砂を蹴って、ざっざっと音が響いた。

娘は銅像の女たちを横目に森の入り口まで出ると、小径と野原を仕切る簡素な木の柵に手をかけてまたぎ、誰もいない野原に踏み入った。野原は娘の味方だった。どんなときでも娘を受け入れてくれる友人だった。中程まで来ると、夜露でやわらかさを増した草花のベッドに体を埋めた。頰に首に足に触れる雫の冷たさを感じながら目を閉じた。日々が、娘から力を吸い取っていくようだった。ここでやめてしまいたかった。「うちの娘は、英語を使う仕事をしているんです」誇らしげに言う母の姿が脳裏に浮かんだ。皆「英語を使う仕事」と聞くと、反射的に「あら、すごい」と言った。何がすごいのか。同じ野原のどこかにいるらしい虫のチチチという鳴き声が耳をなぐさめた。空から見たら野原の真ん中で息絶えた、花に囲まれた悲しい動物みたいに見えるかも、キツネとか、と娘は自分の姿を想像してみた。花々の棺の中で安らかに眠っている自分を。夜露が娘の寝間着を完全に征圧し、布地がぐっしょりと娘の体に張りつく。わかっていた。どこにも行けないことは。ここにいるしかないことはわかっていた。痛っ。伸ばした腕がちくっとして、娘は飛び起きた。薄い闇の中で、ノアザミの花が小さく揺れていた。

有楽町にあるコンベンション・センターの天井は高く、上の方では細い渡り廊下がジグザグを描いているのが壮観だった。一度休憩時間に渡りに行ったことがあるが、ゆらゆら揺れて意外に恐かった。吊り橋みたいな廊下を渡りきったところにあるどの会議室も英子には関係のないものだった。英子の持ち場は地下一階。なんの会議なのかよくわからない国際会議参加者たちの荷物を預かり、保管するため臨時で通路の真ん中に設営されたクロークのカウンターの中で、英子は立ちっぱなしで働いていた。預かったキャリーバッグをすぐ後ろにある白い布を掛けた長机に置くと、スーツを着た同じくバイトの男の人たちが、バッグを担いでパーテーションの奥に用意された荷物置き場に運んでいく。

「この前の国際会議にさあ、日本文化に詳しい外国人のおじいちゃん来たでしょ、ほら、あの有名な人。今日さ、なんと天皇陛下来るんだって、はじめの式典に」。参加者の列が途切れると、はじめて一緒になった金子さんが、首から下げたスタッフ証をぺらぺら触りながら言った。「えっ、そうなの。式典って毎回すごい人来るけど今回が一番すごいね」。英子は荷物札の番号を確認しながら返事をした。「うん、さっきトイレ行ったついでに誘導係に配置された友達のとこ寄ったら、はじめにそう説明されたんだって。そんでさ、この時間帯この通路は、天皇陛下が移動されますので、目に触れないように、どこか隠れていてください、って言われたんだって」「あはは、ひどいねそれ」「憮然としてたよその子」「えっ、なになに」近くにいた鈴木さんが聞いてきたので、天皇陛下が来てるらしいですよ、と答えていると、ボストンバッグを提げたアジア系のおじさんがカウンターに現れたので、「こんにちは」「貴重品は入っていませんか」「こちらが荷物札です」「良い一日を」、振り返ると鈴木さんが天皇陛下を見に消えていた。「鈴木さん、ガッツあるよね」「ね」「見たい、天皇陛下?」「わたし、天皇陛下見たことある」「うそっ」「小学生の頃、家族で軽井沢に旅行したときに、天皇陛下がテニスしてて」「へー、すごい」「こんにちは」「貴重品は入っていませんか」「こちらが荷物札です」「良い一日を」「アナウンス係の人とか、同時通訳の人だったら、見れるかもね。中入れるから」「そうかも、後で聞いてみよっか。岡本さんとか」「あー岡本さん知ってる。かっこいいよね、帰国子女なんだよね」「そうそう、我々とは違いますな」「な」「こんにちは」「貴重品は入っていませんか」「こちらが荷物札です」「良い一日を」「こんにちは」「貴重品は入っていませんか」「こちらが荷物札です」「良い一日を」「駄目だった」鈴木さんが、へらへら手を振りながらクロークに戻ってきた。「上行った瞬間、本部の人に見つかって、追い払われた。しかも無言で、ジェスチャーで。犬か、わたしは」

パーテーションの奥の、かばん置き場の隅に置かれたパイプイスに座って休憩をとった。英子は、さっき外で買ってきたばかりのスポーツドリンクをごくごく飲んだ。染み入る。地階にコンビニがあるのは知っていたが、気分転換に出た外の世界は、むっと暑かった。自動販売機から鉛筆のしんみたいなにおい。ずっと地階にいたせいかモグラみたいな気持ちになって、すぐにここに戻ってきてしまった。英子はスポーツドリンクを飲みながら、天井を見上げた。光がいっぱい入って明るいし、白い。音が反響する。かばんの中から昨日買った残りのグミを出して食べた。みずみずしい果物の絵が描かれた袋の端には、「写真はイメージです」と書いてある。みかんのかたちをしたグミをむさぼるように口にしていると、げ、グローバルと目が合った。グローバルは、笑いながら英子に近づいてくる。

「高崎さん、おひさしぶりですね」

「あっ、おひさしぶりです、大村さん。お元気でしたか?」

「元気です。高崎さんは、今も専門学校行ってるんですか? えらいですよねえ。これからの日本はグローバル社会ですからね。ほら、会社内の共通言語を英語にする会社も出てきてるじゃないですか。さすがっていうか。やっぱぱそれぐらいしないとグローバルとは言えないですよね。ぼくらもグローバル社会に取り残されないように英語がんばりましょう。おっと」

同じポジションの男の人に手招きされたグローバルは、英子に軽く会釈をするとパーテーションの外に小走りで出ていった。現場で会うと必ず一回はグローバルという言葉を発するグローバルだが、普段ほかに何の仕事をしているのか英子にはまったくわからなかった。国際会議は毎日あるわけではないので、仕事を紹介してもらえる時期は限られている。この仕事だけでは食べていけない。英子は、グローバルにグローバルグローバル言われると辟易する。だいたい日本人同士社内で英語ってバカみたいじゃないか。多分働いてる人たちも、トイレで隠れて日本語話してると思う。飲み会も忘年会も英語なのかな。お互い笑っちゃうだろうな。英語使えたらグローバルってなんか違う気がする。英語にしがみついてるわたしが言うのもなんだけど。グローバルグローバルうるさいよ。

表で回収したバッグを棚に納めようとしていた久我さんの背中に、むかむかした英子は思わず問いかけた。

「久我さん、グローバルってもっと気高いことですよね⁉」久我さんはびくっとして振り向いた。「えっ、なに、前後が全然わかんない。グローバル？」英子は目の前にある架空の机をどんっと叩いた。

「もっと気持ちの問題っていうか、国としての懐の深さとか柔軟さのことですよね⁉︎」

　重なりあった楡の木の間から久我さんの姿が現れた。現場で見るスーツじゃなくて、チェックのシャツにジーンズ、パーカをはおっている。線の細い人だなという感慨しかこれまで抱いたことはなかったが、こういう格好だといつもよりも素敵に見えるような気がした。

「ごめん、遅くなって。迷った？」

「いえ、意外とすぐ見つかりました。男の人で森ってめずらしいですね」

「よくそう言われるんだけど、でも住んでみたら、住み心地よかったし。しばらく森に住むつもり」

　久我さんが来た道を二人で引き返した。久我さんの森には、青い鳥や黄色い鳥やピンクの鳥、わりとはっきりした色の鳥たちが飛び交っていた。咲いている花も青や黄色にピンク。ちょっと離れたところで、鹿やアライグマや野うさぎがこっちを見つめている。バンビみたい。英子は、ふふふと笑った。かわいい森だな。蝶がひらひら飛んできては、英子の頬に触れていった。ふふふ、と楽しい気持ちになった。小高い丘に先に登った久我さんが手を差し出してくれたので、ありがたやとひっぱり上げてもらう。そのまま久我さんが手をはなさないので、心の中で、おお、と思いながら、そのままにして歩いた。手をつないで歩いた。誰かと手をつなぐのはひさしぶりだった。たまの接触っていいよな。木の上の方で、リスのしっぽがふわんと揺れるのが見えた。

はじめて見る水色の花のアーチを通り抜けると、壁がやわらかい水色に塗られた小さな家が現れた。屋根と窓枠はクリーム色で、屋根のすぐ下あたりの壁には、同じくクリーム色のメルヘンチックな波状の飾りがグラデーションで三列取りつけられている。左側に丸く張り出したポーチには、波模様の水色の布が掛けられた揺り椅子と丸テーブルが置いてあった。英子は「素敵じゃないですか！」と思わず歓声を上げた。「そう?」久我さんはちょっと恥ずかしそうにしながら、扉を開けて、英子を中に通した。船舶にもよく使われるチークの床が、ミシッと趣のある音を立てた。

薄い水色の貝がら模様がパターンになったクリーム色の壁紙や窓際に飾られた帆船の模型を見ていると、昼ご飯食べた、と久我さんが聞いた。まだですと英子が答えると、水色のタイルが貼られたキッチンで、久我さんが鱒のバターソテーとクラムチャウダーを用意してくれた。食後はショートブレッドと自家製レモネード。英子は久我さんの生活能力に魅了され、いいですね、素敵ですね、を連発した。

外にあるポーチに面した久我さんの書斎は、壁紙が見えないくらい一面どっしりとした本棚に囲まれていた。窓の真ん前に置かれている、船長が航海誌をしたためそうなこれまたどっしりとした大きな机は、パソコンを真ん中にして、辞書と資料が何重にも覆い被さっている。あきらかに堅気じゃない。英子の眉間に力が入った。「久我さん、普段仕事なにやってるんですか?」

「ああ、ぼく、普段、IT系の翻訳やってるんだよ。はじめたばかりで仕事少ないけど、これから少しずつ増やしていけるようにがんばるつもり。英子ちゃんに会うあの仕事も今年いっぱいで辞められそうなんだよ」

英子の胸が高鳴った。はじめて見た。階段の一番下の段に足をかけた人を。かけることのできた人を。英子は目を見開いて、今までわりと冴えない方向で考えていた久我さんのことを見直した。

「ぼく、普通の会社だとずっとやっていけないと思ったから。こつこつ自分でやっていける仕事の方が気持ち的に楽だと思って」

「久我さん、いいですね、それ」

「そう?」

「それ、いいですよ、そういう感じですよ、まさに」

立ったまま、その場で久我さんがキスしてきたので、英子はまた、おお、と思った。せっかくなので、そのまま続行してもらった。くちびるがさらに強く押しつけられた。自分の人生にたまに唐突に現れる、このきまりの悪さというか、気まずさっていうか、端から見ると口ひっつけ合って何やってんだ、みたいな感じに、いつまでたっても慣れなくて、結構喜んでしまうもんだよな、と思いながら、英子もくちびるを押しつけた。やる気がないと思われたら困る。久我さんの舌が入ってきた。肩を持つ手に力が入った。書斎の片隅にあるベッドがみしみし音をたてている間ずっと、ベッドの周りだけ姿が見える青色の壁紙と、その上を同じ方向に進む何十艘もの帆船を英子は見つめていた。

専門学校が終わってから、久我さんの森に帰った。ディクテーションとシャドーウィングの授業で聞き取りに集中していたせいで、専門学校の外に出ると、街の音が遠くに感じた。テキストと電子辞書で重いトートバッグをえいっと肩にかけ直した。この重さがうれしくて仕方ないときがあったのにな。自分だけの電子辞書に興奮したときが。

英子は駅に向かった。電車の中には、専門学校や検定、資格取得の案内など、いろんなジャンルのいろんな広告が貼ってあった。どの広告も「新しい扉が開く！」「新しい自分に出会えます」と、いろんな理由で疲れた顔たちに魔法の呪文をかけようとしていた。語学学校や海外留学の広告もいくつかあったが、そのほとんどが英語関連だった。いろんな魔法がある中で、自分がかかったのは英語の魔法だった。理由はよくわからないけど、そうだった。英子は、一枚一枚広告を剝がしてまわりたいと思った。これ以上誰のことも騙してほしくない。

久我さんの森がある駅で下りた。最近は、母の森と久我さんの森、半々で過ごしていた。母ははじめ非難の宿った目で英子のことを見つめていたが、三十を前にした娘の恋路に何も言わなかった。母もその方がいいと思っているのかもしれない。いつまでもこんな状態を続けるより、結婚した方が幸せだと。英子は迷いない足取りで、久我さんの森を進んで行く。もう久我さんの森は、英子の森と言ってもいいくらいだった。母は買い物に行くときぐらいしか森から出ないので、母の森に帰ると息が詰まった。

締め切りを無事終わらせた久我さんが、ポーチの揺り椅子でレモネード片手に本を読んでいて、英子を見ると笑顔になった。英子が近づくと、学校はどうだったと目を細めて言う。ちょうど太陽が沈む前にその日最後の光を発している時刻だ。森のどこかで鳥がさえずる。英子は、ポーチの手すりに寄りかかった。

「うん、いつも通り。なんか、もう辞めちゃおうかな。先が見えないっていうか、見えすぎるっていうか。講師の人たちも、一線で活躍しているプロの方ばかりですって言われてるけど、ほんとは、みんな学校の卒業生なんだよね。高いお金出して、コースの一番上まで上りつめて、結局今度はそこで教える側にまわるしかないってなんかむなしいよね。久我さんの森でずっと一緒に暮らせたらいいな。わたしも料理勉強するし」

英子の言葉を聞いた久我さんは、レモネードを丸テーブルにことんと置いた。そして手を伸ばすと、英子の手に触れた。久我さんの手は、レモネードのグラスについた露でしめっていた。

「英子ちゃん、ここは、これは、ぼくの森なんだよ。ぼくはちゃんと一人で生きていけるように森に住んでいて、誰かと一緒に森に住むっていうのは、まだないっていうか、まだ無理だよ。ぼくは自分の森を守るのに精一杯なんだよ」

英子は恥ずかしさで顔が上げられず、久我さんの筋ばった大きな手を見つめているふりをした。久我さんのやさしい声が続いた。

「ぼくの森に依存しないでよ。お母さんの森に住むのが嫌なら、英子ちゃんもちゃんと自分の森に住みなよ。自分の森を見つけなよ」

チェーン展開のそば屋はスーツを着た人でいっぱいだった。

がーんだね、がーん。三浦さんと金子さんがげらげら笑ってくるので、英子は、笑いごとじゃないですよ、と憮然とした。「それにしても、ぼくの森に依存しないで、は名言だね」「すごいよ、なかなか言えないことだよ。よっぽど意志が固くないと」

三浦さんと金子さんがさらに笑う。

「わたし男の人のことをすごく雑だと思ってて、なんていうか、めちゃくちゃ網目の荒いざるみたいじゃないですか」。まあね、そうね、わりとね、と三浦さんと金子さんが真顔でうなずく。金子さんは、大きな口を開けてかつ丼のかつを投入した。

「コンビニのおにぎり全力でうまいって言いそうな感じっていうか。だからそうじゃない男の人を見ると、ほら、お手製のレモネードとか飲ましてもらっちゃうと、すごく、すごく、いいなと思っちゃうんですよ。この人は違うって。なんか目がくらむっていうか、魔法にかかるっていうか。あーどうしよ、絶対、久我さんに嫌われたと思うんですよ」

「大丈夫だって。久我さん、やさしいし。それにあっちも同じようなもんだって。気にすんな」金子さんが、まだ咀嚼しきれていないかつを噛みながら言った。「そうよ、またしれっと遊びに行けば何ともないわよ」三浦さんは、そば湯をすすりながら言うと、テーブルに設置されている商品紹介のプレートをなんとなく手にとった。デザートの抹茶プリンの紹介の下に抹茶の成分や効能がいろいろ書いてあり、その下に「上記の効能・成分は一般的なものであり、当店の抹茶プリンとは関係がありません」と小さく添えられている。英子は、親子丼の最後の一口をかっ込んだ。親子丼のやさしい味、泣ける。「ああ、時間、行かないと」。三浦さんが伝票を持って立ち上がったので、後に続く。「なんか、面白い名前あった？」「あー、佛坂《ぶっさか》っていう人がいた、あと郷右近《ごうこん》とか」「わたしのとこ、かいほうっていう人がいた。海の宝って書くの」「へー、かっこいいね」「三浦さんとこ、面白い名前あった？」「うーん、そこまで見てないわ」

バーバリーの大きな看板の前に大きな観光バスが停まっているのを横目に、派遣先の会社が入っている古いビルの三階までエレベーターで上る。「帰りザラ寄っていこうかな、せっかくの銀座だし」エレベーターの中で、表示灯が1、2、3と光っていくのを見つめて、金子さんがぼんやり言う。ぴんと軽快な音をさせて、エレベーターが開いた。エレベーターをくの字に囲んで会社の小ぶりなフロアがすぐに広がる。

好きなときに飲んで食べてくださいねと用意されているポットにティーバッグ、飴や小分け包装のチョコレートやクッキーが置いてある長机の前で、すぐ後ろにある、この会社のえらい人がいるらしい磨りガラスの仕切りのある部屋の物音になんとなく耳を傾けながら、薄いプラスチックのカップに土台の黒いプラスチックカップを装着し、煎茶のバッグをいれて、お湯を注ぐ。よく動いているのを見かける営業さんらしい男の人が英子の後ろを通過しようとしたので、邪魔にならないように、邪魔にならないように気を遣っているという意思が見えるように、体を前に傾ける。派遣される一週間前までは、この世に存在していることも知らなかった小さな会社で当たり前みたいに煎茶をいれている自分を思うとすごく不思議な気持ちになった。使命もないのに無駄に潜入しているスパイみたいでちょっと面白い。

奥に開けた部屋では、デスクが三つずつ向かい合わせでくっついていて、その端にお誕生日席みたいに社員さんが座るデスクがさらにドッキングしている島が二つあって、それぞれの島で、英子たち同様派遣された女の人たちが黙々と作業を開始している。三浦さん、金子さん、英子も午前中から座っていた自分の席に戻ると、校正作業を再開した。細かいことは関係ないので知らされてはいないが、この会社は学会のパンフレットや演題集を制作している会社らしく、大規模な学会の際は作業が大量になるので自分たちだけでは無理で、英子たちの登録している契約会社に「英文校正」の仕事を発注している。ぜんぶで二週間になる今回の仕事はまだようやく一週間が経過したところで、日に日に肩こりがひどくなっている。「英文校正」といっても、リスト化されている登録内容と学会の演題集本文内の名前や所属機関、筆頭演者に間違いがないか確認していくだけなので、英語はほとんど関係ない。たまに文法や単語の綴りに間違いがあっても、医者の先生たちの英語にこちらが口を出せるわけもなく、そこはそのままスルーする。スピードも求められるので論文をじっくり読んでいる暇もなく、読んでもほとんどわからないが、とにかく単調で、論文に参加した先生の中に変わった名前を見つけることぐらいしか楽しみがない。

席を立ちたいばっかりに冷たくなってきた煎茶を飲み干すと、また飲み物を補充しに行った。給湯室でさっとコップをすすぐ。今度は紅茶にする。イスに座る前に、軽くストレッチをして背中を伸ばした。

「ゆっくりやってくださいね。量が大量だから大変ですよね」

「いいえ、大丈夫です。だいぶ慣れてきたので」

「そうですか」

お誕生日席に座っている社員さんが、英子を見て笑いながら声をかけてくれた。彼女は、英子たちが見つけた演題集内のミスを病院や研究室に問い合わせる電話を、朝からひたすらかけ続けていた。カーディガンに膝丈スカートのぽっちゃりした色白の社員さんは、とろけそうなくらいやわらかい声をしていて、電話をかけている声を一日中聞いているうちにすっかりファンになりかけていたので、話しかけてもらってちょっとどきどきした。よくわからないけど周りの対応を見ているとどうやらえらい人らしいおじいさんもたまにうろうろ出てきては（あの磨りガラスの後ろにいる人はこの人なのか？）、この社員さんのところにだけやってきて、この本面白かったから読んでごらんと本を無理矢理貸したり、この前行ったお店がおいしかったから行ってごらんとお店のレシートを渡したりしていた。英子だったら今いそがしいんだよ！といらいらしてしまいそうだけど、彼女は、そうですかといつもにこにこしていて、校正しながら二人のやりとりを聞いていると、ザ・包容力という言葉が太字で頭に浮かんだ。英子は二週間したらこの会社での業務は終了で、その次の日ここに現れたらもう不審者で、変な人で、昨日までにこにこしてくれていたこの社員さんも、困った顔をして英子のことを見るだろう。次の仕事あるかな、この次ちゃんとあるかな、なんて心配せずに、毎日行く場所がある人たちがうらやましくなる。そういう道を選べた瞬間があったのかもしれない。どうして気づかなかったのか。英語に気を取られていて、そういう瞬間があることに気がつかなかった。母が見せないようにしていたんじゃないか。母が、その道を隠していたんじゃないか。どうして母は。この社員さんがわたしで、わたしがこの社員さんだった可能性もある。やわらかい声で電話をかけている社員さんを視界の端に感じながら英子は思った。帰りの電車に乗っている間も、横に立っている、前に座っている、この人がわたしじゃないのは、わたしがこの人じゃないのはなぜだろうと思った。電車の外を流れる風景の、あの明かりが灯っているマンションの部屋に住んでいるのがわたしじゃないことの理由が明確にないことがすごいと思った。明かりの灯った部屋。まだ暗い部屋。たくさんの部屋が目の前を流れていく。いろいろ遠い。ポケットに手を入れると、いつの間に紛れ込んだのか、ちっぽけなクリップが一つ手に触れた。

高崎夫人は、小さな花が一つ、ぽとっと落ちたので狼狽した。引き出しをかき回し、接着剤を発掘すると急いで床に落ちた小さな花を、壁のそこだけ空間ができている部分に貼りつけた。壁は元通り小花柄の壁紙に戻った。高崎夫人がホッとしていると、少し離れたところで、また一つ、小さな花が落ちた。ぽとっ。その小さな音に、高崎夫人の心臓は縮み上がった。高崎夫人は、落ちた小さな花を拾い上げ、壁に貼り戻した。いつも通りの小花柄の壁紙になった。高崎夫人は、深呼吸した。頬に片手をあてると、目の前に広がる小花柄の壁紙を見つめた。守らなければ。この家を、この森を守らなければ。そうしなければ娘を守れない。あの人のように、負けてしまうわけにはいかない。

二階の部屋からは何の物音も聞こえなかった。夕飯の最中、シェパーズパイを口に運ぶ娘の元気がないことはわかっていたが、(シェパーズパイはかつて外国の児童文学を読んで知った娘に作って欲しいとせがまれて以来、娘の大の好物であったのに)、(だからこそつくったのに)、最近ずっと娘の元気がないことはわかっていたが、高崎夫人はどうしていいのかわからなかった。デザートのプラムケーキもいらないと言った。そんなこと昔は一度もなかったのに。頬をふくらませてデザートがないと食べた気がしないとさえ言っていたのに。

部屋のどこかでまた、ぽとっと音がした。高崎夫人は、音がした方向を振り返らなかった。振り返ることができなかった。しばらくして、高崎夫人は音のした方にゆっくりと足を運ぶと、小さな花を拾った。

二階の部屋で、パソコンに向かった娘はネットの求人サイトを開いた。「職種」をクリックし、出てきた選択肢から「専門職／その他すべて」をクリックし、「美容師」「エステ・ネイル」「技術者」などの様々な専門職の中から、「通訳、翻訳」をクリックした。「専門職／その他すべて」３３２６件の中で、「通訳、翻訳」はたった８件だった。しかも娘は東京全域で検索している。これ以外で、英語を使える仕事となると、今度は「教育」をクリックするしかない。「塾講師」「家庭教師」でも英語講師を募集してはいるが、娘が望んでいる仕事とは違う。ここでも「その他すべて」を選択。「保育士」や「パソコン教室インストラクター」「そろばん教室講師」などに混じって、「英会話講師」や「英会話教室の運営スタッフ」などの仕事が見つかる。数は少ないが。とても数は少ないが。

三年前、娘は子ども英会話講師の職に就いたことがあった。大手の、テレビや広告などで大々的に宣伝をしている英会話学校にも求職票を出してみたが、端からすべて落ちた。ようやく合格したのが、ようやく娘を受け入れてくれたのが、あまり有名ではない、女性しか採用しない、子ども英会話学校の講師だった。時給はもう覚えていない。安かったことだけ覚えている。

研修の一日目、事務スタッフの主任である女の人が、本部の一隅に設けられた長机に座った娘とほかの二人の合格者に向かって、業務の説明をはじめた。

この英会話教室は営業に力を入れていて、営業さんたちが、一軒一軒子どもがいる家を訪ねては、勧誘を行うらしかった。営業さんは、経験のあるプロの講師が揃っていることを謳い、教材のテキストやカード、そしてカードを通すと音声が出る黄色い機械を見せて、グローバル化する社会の中で早期英語教育がいかに重要かを説く。研修で教わった通りに、マニュアルに書いてある通りに。あの黄色い、安っぽい機械を持って営業さんは家々を回る。営業の甲斐あって生徒が入会することになると、まず教材と一緒に、その黄色い機械を購入してもらうことになっていた。研修では詳しく教えられなかったが、その後先輩たちから聞いたところによると、入会金や授業料とあわせて、入会の段階で結構なお金がかかるらしかった。いざ入会すると、親たちは、住んでいる町の教室に子どもを連れていく。教室はだいたい、大きな街ならば駅に直結したビル内の一室や、小さな町だと、商店街の中にある店舗や民家を改造したものだった。古ぼけた、ところどころ染みのあるカーペットが敷かれていた。授業が終わると、そのカーペットに掃除機をかけた。教室の前面はガラス張りだったが、暇な人や謎の人などが窓からずっと子どもたちを見つめていることがあり問題になったそうで、授業中はずっとブラインドが下りていた。ブラインドで隔離された教室の中で、蛍光灯だけが白々と明るかった。

スーツを着た、すっきりとした小柄なスタッフの女の人は言った。子どもさんたちのケアももちろん大事ですが、当スクールでは親御さんとのコミュニケーションも大切にしております。ですので、先生方には、月に一度は生徒の親御さんたちに電話をして頂き、子どもさんの教室での様子ですとか、向上したポイント等をですね、報告して頂きたいと思っております。娘の隣に座っていた女の人が手を挙げて質問した。「電話代は出るんでしょうか?」。娘は、言われてみればそうだと思い、質問してくれてありがたいと心の中で隣の女の人に感謝の念を送った。スタッフの女の人はすっきりと答えた。「いいえ、その際の電話代は先生方に持って頂くことになっております」。娘の隣に座っていた女の人はだまった。そういうもんかと娘は思った。

その日の研修後、娘の隣に座っていた女の人は、この教室、おかしいんじゃない?とひそひそ声で言った。わたしたちのこと馬鹿にしてるよね。そもそも時給だって安いのに。社員でもないのに。娘は、ようやく英会話講師になれるという喜びで、鈍くなっていた。もう一人の年配の女の人も無言だった。もういいじゃないと顔に書いてあった。次の日、娘の隣に座っていた女の人は現れなかった。

いざ、自分の受け持つクラスが決まり、授業がはじまると、全員に月一で電話なんて無理だとすぐにわかった。週四で教室を持つことになった娘には、一〇〇人近い生徒がいた。はじめの二ヶ月ほどはそれでもがんばって電話をかけて、通話料にげんなりしたりしていたけれど、ほかの講師に聞いたら、皆あんまりかけていないということだったので、すぐにかけなくなった。別に本部スタッフから文句を言われることはなかった。

教室は二時や三時にはじまることが多かった。娘は教室に着くと、鍵を開けて中に入り、その日一日分のカリキュラムの準備をする。たった一人の講師で、その日一日を切り盛りした。一時間ごとに、年齢で分けられた生徒たちが入れ替わり立ち替わり、娘の待つ教室に現れた。時間が遅くなるほど、現れる生徒の年齢が上がる。その間も営業は続けられていて、新たに生徒が集まりもう一つクラスを増やせそうだということになると、こっちに相談もなく、空いている時間に新しい教室が足された（最終的に0歳児のクラスまでできた。0歳児！　娘は何かあったらどうしようと恐怖で震えた）。教室が増えても、娘がもらえる給料が増えるわけではなかった。何らかの事情で授業料を払い込むことができなかった生徒の分は、講師の給料から引かれ、親から手渡されるまで、講師は待たなければならなかった。

あの頃のことを思うと、娘は子どもたちを、親たちを騙していたような気がして、罪悪感にかられる。研修を五日間受けただけの娘が、経験のあるプロの講師だろうか。娘の英語は、授業は、高い入会金や授業料に見合うものだろうか。英語と日本語両方で英語を学ぶサンドイッチ方式を売りにしていたが、正直、娘もほかの講師の多くも、教室で日本語を話していいことに甘えまくった授業をしていた。

「先生、わたしの友達にね、海外に留学したことがあって英語ができる友達がいるんですけどね、その子にも、この英会話教室の先生の仕事、すすめてみようかなあと思ってるんですけどね、どうすればいいんですかねえ。ねえ、先生もすごいですよねえ、英語ができて」

休んだ生徒に来週の宿題を伝えるためにかけた電話で、娘よりも年下であろう生徒の母親に言われた言葉を思いだす。電話の向こうにいる彼女は知らないだろう。娘が時給で、安い時給で働いていることを。今かけている電話代を気にして、一刻も早く切りたいと思っていることを。そもそも電話をかけたくないから、誰も休んでくれるなと常々思っていることを。娘は虚しさでいっぱいだった。英語ができると言ったって、それぞれ千差万別であることを彼女は知らない。英語を知らない人は、英語がちょっとでもできる人だとすぐもう英語ができる人だと思う。どれぐらいの程度で英語のできる人なのか見分けることができない。娘の学生時代の友人は、入ったばかりの会社で、きみ、英語できるんでしょ、といきなり上司に海外の取引先との会議に連れて行かれ、会議通訳をやれと丸投げされて、のけぞった。プロの通訳でも、会議の前は事前準備をするものなのに。後で上司にわたしが嘘をついたみたいに言われた、くやしくて仕方ないとひさしぶりに会った友人は嘆いた。その話は英子の中にホラーとして記憶された。恐ろしい。ほんと恐ろしい。

不思議だった。いいね、かっこいい、うらやましい。英語ができると言うと、英語を使う仕事に就いていると知ると、皆そう言う。けれどそのときその人たちの頭の中に浮かんでいるのはイメージの英語だ。本当に整った環境で働いている人はほんの一握りで、一方の娘は、今、電話代も出してもらえない。プライドの持ちようがなかった。自分を誇ることができなかった。子どもたちと過ごすのは、びっくりするくらい面白いことだったが、娘は常に申し訳なさを感じ続けた。英会話教室は、生徒と親を搾取していたが、講師のことも搾取していた。「英会話講師」という肩書きにしがみつく女の人たちを。月に一度、講師が本部に集まって、これからのイベントごとや注意事項など本部の人から説明を聞く日、娘はベテラン講師たちを見ては、自分には無理だと思った。ある講師は、クリスマス会のたびに、受け持っている全生徒に絵本をプレゼントしていた。自腹で。報われない。逃げ出したい。一年経ったとき、娘は契約を更新しなかった。

英会話教室の安っぽいカーペットを、娘は苦々しい気持ちで思い出す。あの無地の、埃っぽいカーペット。

娘は自分の部屋の、ゴブラン織りのカーペットの感触を素足の裏で確かめながら、パソコンの画面を凝視した。医療関係の翻訳業務の仕事だった。

資格：要英語力（TOEIC800点以上）
＊翻訳の実務経験は問いません。

娘はパソコンの画面を見つめ続けた。窓の外で、フクロウの鳴き声が聞こえた。娘は森の存在を感じようと耳を澄ます。フクロウの鳴き声はもう聞こえてこなかった。

高崎夫人は、娘の背中に声をかけた。「いってらっしゃい」。靴をはき終えた娘はじんわりと振り返ると、疲れた顔で高崎夫人にこう告げた。

「ママ、わたし、自分の森を見つけようと思う。ママの森に住んでいたらいつまでたっても自立できないし。もし英語の仕事じゃ一人で暮らせるような仕事が見つからないんだったら、もう英語なしの仕事を探そうと思う。そうしないと生活できないから。今までありがとう、ママ」

娘は下を向いて小さく微笑むと、午前の光の下へと出ていった。何を思ったのか、急に背筋をぴんと伸ばした。

ママの森とはどういうことだろう。高崎夫人は急に働かなくなった頭で考えた。ママの森。意味がわからない。この森は二人の森ではないのか。確かにわたしの森ではあるが、同時に娘の森でもあるのではないのか。

玄関からリビングに戻った高崎夫人は短い悲鳴をあげた。壁から次々と小さな花がこぼれ落ち、床が埋もれていこうとしていた。高崎夫人は、床に突如としてできた花畑に駆け込むと、細い手で小さな花が壁から落ちていくのをなんとか押さえようとしたが、すると高崎夫人が押さえたすぐ横の小さな花が落ちそうになり、その小さな花を押さえると今度はそのすぐ下の花が落ちていこうとした。高崎夫人の指と指との間をすり抜け、小さな花は落ちた。きりがなかった。小さな花の落下は止まらなかった。不安にかられた高崎夫人は廊下に出た。そこでも小さな花の落下ははじまっていた。まさか二階も。高崎夫人が二階に上がろうとすると、階段が上から崩れ落ちた。脆い玩具のようにぼろぼろと階段は壊れた。心なしか、天井が低くなっているような気がする。高崎夫人は自分の周りをふわふわと漂う小さな花に気がつき、あっと声をあげた。高崎夫人のブラウスから、スカートから、小さな花が逃げ出そうとしているところだった。高崎夫人は叫んだ。「行かないで、小さな花たち。わたしから行ってしまわないで」高崎夫人は手を伸ばしたが、わたぼうしや羽虫を捕まえようとするのにも似て、小さな花は高崎夫人の手からするりと抜けると、竜巻のように渦を巻いた。見上げると、天井がさらに低くなった。高崎夫人は、腰から床に倒れ込んだが、なんとか体をひねると匍匐前進で玄関へと向かい、這うように外へ出た。後ろでがらがらと大きな音がしたが、立ち上がった高崎夫人は振り返らずに、どうしてそうするのかわからないまま森の奥へと走った。

森が高崎夫人を飲み込んだ。高崎夫人は走った。なぜこんなことになったのだろう。なぜ。どうして。森も枯れゆこうとしていた。緑が生い茂っていた木々があっという間に冬を迎え、枯れた枝という枝が重なりあった向こうから土気色の空がかすかにのぞいた。さっきまで命を持っていた毛のかたまりがいくつも地面に転がっていた。高崎夫人の肩のあたりに飛ぶことを忘れた鳥が落下し、そのまま地面に転がり落ちた。蝶が灰のようにはらはらとその羽を散らした。泉が涸れ、水底が露になった。娘に続いてこの森もわたしを見捨てるのだろうか。この森も消えてしまうのだろうか。そんなことさせるわけにはいかない。わたしにはもうこの森しかないのだ。高崎夫人は走った。どこへ行けばいいのかわからなかったが、森の奥に、奥に向かって走った。走ったからどうにかなるということでもなかったが、とにかく走った。高崎夫人の脳裏に今日去っていった娘の背中が浮かんだ。これまでに何度も見送った背中。外の世界に出ていく背中。だんだん大きくなった背中。最近の疲れた顔。英語の仕事をはじめた頃のうれしそうな顔。あれは何年前になるのだろう。オーストラリアから送ってよこしたポストカード。ホームシックになったとかかってきたコレクトコール。英語を専門で学べる大学に入学した日。娘はもうすぐはじまる入学式に緊張していたが、高崎夫人は、あの日、世界に緊張していた。娘を飛び込ませる新しい世界に。これからも娘と二人生きていく世界に。森の奥に分け入るにつれ、高崎夫人の記憶は遡った。二人で入学式のために買い揃えたスーツ。これからも英語を勉強したい、英語を使う仕事に就きたいと進路を決めるときに高崎夫人に言ったこと。かしこい娘だと高崎夫人の胸がいっぱいになったこと。高校の英語のスピーチコンテストで、優秀賞をとったこと。賞状をもらった。今も物入れの中にちゃんと仕舞ってある。自転車で通った駅前にある大手の英会話教室。中学一年生の英語の授業で、同級生よりも英語が上手だとほめられたと喜んで帰ってきたこと。小学校のときから英語の教室に通わせてもらっていたおかげだと高崎夫人に感謝したこと。お母さん友達と一緒に娘たちを連れて行った、近所に住んでいる女性が自宅を改装して開いていた英会話教室。自宅で仕事をしているその女性がとても堂々として見えた。英語を学べるいろんなゲーム。カラフルな厚紙や折り紙。娘ははしゃいでいた。映画を見て、娘が欲しがって買ったサウンドトラック、ドレミの歌。親戚が海外のおみやげに買ってきてくれたアルファベットのカード。かわいい動物の絵が印象的だった。娘はぼろぼろになるまでそのカードで遊んだ。あのカードだって、物入れの中にきちんととってある。娘は忘れてしまったのだろうか。どうして手放そうとするのだ。あんなに好きだと言っていたものを。必死でつかんできたものを。高崎夫人の勢いに驚いて逃げ惑うリスのしっぽが足にふれた。低い枝にとまっていた鳥が飛び上がると、もっと高いところにある枝に避難した。踏んづけられた木の葉たちがぱりぱりばりばりと非難の声をあげた。おれには関係ないと、土色の亀がのっそりと径を横切る。気がつくと、森の消失は止まっていた。

高崎夫人はその場に立ち止まると、妙な感触のする自分の頬に触れた。枯れた木の枝にはたかれてできた赤い筋が頬にいくつもできている。頭に触ると、木の枝や枯れ葉が高崎夫人の編み込まれた髪にさらに編み込まれていた。見渡すと、深い緑色の森が高崎夫人を取り囲んでいた。森の色に安心した高崎夫人の目から頬に涙がすべり落ちていき、顎を越え首へと流れていく。こんなに奥まで、高崎夫人は今までやって来たことがなかった。動物たちが高崎夫人を静かに見つめていた。それよりももっと大きな存在に見つめられていることを高崎夫人は全身で感じた。恐くないと思った。今さら何が恐いというのだ。高崎夫人はそこで引き返さず、ゆっくりと歩を進めた。

小径は相変わらず続いていた。どこまでも終わりがなかった。森の奥に家や屋敷がちらほら見えることに高崎夫人は気がついた。塔の上で古ぼけた風見鶏が周りを見渡している石造りのお屋敷。ヴィクトリア調の紫色に塗られた家。静かだった。こんなところに誰が住んでいるのだろう。廃屋というには、どの家も屋敷もきれいで、手入れされていた。煙突から煙が出ている家がある。ポーチに牛乳の空き瓶が並べられている屋敷がある。高崎夫人は静かな家々に見惚れるように足を運ぶ。裸足で飛び出したことなど一度も思い出さず、土の石の苔の葉のそれぞれの感触を感じながら歩く。黒い蝶が羽を揺らしながらとまっていたアザミの花を手折って旅の仲間にした。黒い蝶は迷惑そうに飛び立った。ちくちくする毛の生えたラズベリーを摘んではそのまま口に含み、甘酸っぱい、野生の味を楽しんだ。深い森のはるか上の方から光が差し込む。どれだけ森が深くても、小さな隙間狭間を狙い打ったかのように、光は届けられた。高崎夫人は、目の前の光景に言葉をなくした。美しかった。そしてその光の向こうに、あの人がいた。

わたしの人生なんだったんだろう。

畳の部屋の真ん中に敷かれたふとんの上に力なく横たわった痩せた女のその一言を聞いたのは、女の介護のため夫の実家に泊まり込んでいた高崎夫人と高崎夫人のお腹に宿った娘だけだった。女の枕元に座っていた高崎夫人は誰に向けて発せられたわけでもない女のその一言を聞いて、体の中を木枯らしが駆け抜けていったような心地がした。女は、閉じていた目を開けると、天井をしばらく見つめ、それからすぐ横にいる高崎夫人の存在にはじめて気づいたように、首を傾けた。ぼんやりと高崎夫人を見つめた女は、急に目に光を灯すと高崎夫人の腕をわしづかみ、とうに潤いをなくした声で言った。「ねえ、あなた、あなた、わたしのようになっては駄目。なっては駄目よ。あなたらしく生きるのよ」。それから、女は力を出し尽くしたかのように正面に向き直り、目を閉じた。

女の薄い、真っ白な寝顔を高崎夫人は見つめた。静かな、静かすぎる寝息に、高崎夫人は耳を澄ませた。女の枕元には、褪せた色の写真が入った写真立てが水差しととものに置いてあった。箪笥の上に飾られていた写真立てを、こっちに持ってきて、と女が高崎夫人に頼んだのは、先週のことだった。写真は女の女学校時代のクラス写真で、おかっぱ頭の女生徒たちが並んでカメラを見つめていた。切り揃えられた前髪そのもののように、どの少女も快活で頑固そうだった。「どの子がおかあさまですか?」と高崎夫人が聞くと、女は「ふふ、どの子だったろうねえ。忘れちゃったねえ」と小さく笑いながら高崎夫人をはぐらかした。少女たちは、理知的な目をした、背の高い女教師を囲んでいる。彼女のすっきりと出したおでこには、左眉の上に大きなホクロが一つあった。「いい先生だったねえ。いろんなことをわたしたちに教えてくれた」。女は高崎夫人が目の前に差し出した写真を見ながら言った。

しばらくして、高崎夫人は立ち上がると、畳の部屋を出た。膝丈の、紺無地のスカートをはいていた高崎夫人の脛には、畳のあとがはっきりと刻印されていた。薄暗い台所に立った高崎夫人は、刻印された脛に猛烈なかゆみを感じた。人差し指の先で、ストッキングを気にしながら脛を掻いた。それではかゆみは消えなかった。ちゃんと掻けやしない。満足に掻けやしない。高崎夫人はストッキングを引きちぎった。そして掻いた。掻いた掻いた掻いた。心ゆくまで掻いた。すべての指を使って掻いた。掻きむしった。白い線が肌にいくつもでき、それから赤くなっていった。夫や親族から聞いた女の人生を思った。戦争のせいで急いで結婚させられたこと。戦争のせいで夫を失ったこと。戦争のあと最初の結婚がなかったかのように新しい夫の元に嫁がされたこと。その家に仕えた一生だったこと。仕事がいそがしいと言っては、高崎夫人に介護を任せて女に会いに来ようともしない高崎夫人の夫のことを思った。高崎夫人はスカートの裾を乱暴に引き上げると、隠れていた腿を掻いた。掻いた掻いた掻いた。すべての力を使って掻いた。高崎夫人の脚は真っ赤になった。

女は二週間後にこの世を去った。あの人が高崎夫人に言った言葉は、それから何度も高崎夫人の心の中でかさこそ音をたてることがあったが、その意味を本当に理解したのは、夫が過労で亡くなった後だった。それまでずっと夫と自分を同一視して生きてきたことに高崎夫人は気がついた。しかし夫と高崎夫人が同じ人間なら、夫が死んだときに高崎夫人も死んでいたことだろう。しかし高崎夫人は死ななかった。娘と二人取り残された。高崎夫人の体の中に大きな空洞ができた。その空洞の周りは怒りに支配された。なんてことをしてくれたんだろう。高崎夫人は思った。嘘つき。嘘つき。こんなひどい裏切りがあるだろうか。あなたが言うから、家にいて欲しいと言うから、わたしは仕事を辞めて、家にいたのに、ずっと家にいたのに、安心して家の中のことばかりしていたのに、勝手に自分だけ先にいなくなるとはどういうつもりか。今さら外に出ていけるはずがない。娘はまだ高校生なのに。真っ黒になった。眼前の壁が真っ黒に塗り込められた。高崎夫人はもし目の前に夫がいたら殴り倒したいと思った。

幸い年金や保険や貯金などのおかげでいきなり世間に放り出されることはなかったが、高崎夫人は、強く思った。娘には同じ道を歩ませない。娘には、わたしが感じたような無力さを感じさせたくない。

高崎夫人と娘はちょうどいい森を見つけると、引っ越した。あの人が言ったように、娘が娘らしく生きていけるように、わたしはすべての力を注ごう。夫が残したお金を使おう。娘が道を間違わないように、わたしが灯台になろう。ねえ、あなたも、あのとき、わたしのお腹の中で、あの人の声を、言葉を聞いたでしょう？　あんな人生、嫌でしょう？　わたし、あの人の言葉を聞いたのに、せっかくあの人が言ってくれたのに、気づくのが遅かった。あなたは、あの人の言葉を忘れては駄目。お守りみたいに心にずっと持っていて。高崎夫人は、娘にそう声に出して言うかわりに、娘を学校に入れた。留学させた。専門学校に入れた。そうやって二人で生きてきた。

高崎夫人は、目の前の光に飛び込んだ。光の向こうに、ミント色の小さな家がはっきりと姿を現した。ポーチにあの人が立って、こぼれるように咲いた花々にじょうろで水をやっている。高崎夫人は、ポーチに駆け上がると、じょうろを持ったあの人の腕をつかんだ。じょうろから水がこぼれた。高崎夫人は、前のめりでまくしたてた。

「あなた、ここにいたんですね、あなた、こんな近くに。わたし、あなたのことをずっと考えていたんです。あなたのことが忘れられなかったんです」

女は微笑みながら、高崎夫人に言った。女の真っ白い髪がふわふわ揺れる。

「いたわ、わたし、ここに。ずっと。ねえ、あなた、あなた、どうしてこんなところにいるの？　あなたはこんなところにいたら駄目でしょう」女の声は潤いを取り戻していた。やわらかく、やさしく、高崎夫人の心に染み透るような声だった。

「あなた、あなたが、言ったから、わたしのようになっては駄目と、あなたが言ってくれたから。だからわたし、あなたの言葉をお守りみたいにずっと持っていたんです。娘を同じような目に遭わせたくないと。そう思って、ずっと、ずっとやってきたんです。なのにすべり落ちていくんです、すべてが。こんなはずじゃなかったのに、どうして」高崎夫人の目からぼろぼろと涙がこぼれ落ちた。女は子どもみたいに泣きじゃくる高崎夫人を見つめて可笑《おか》しそうに言った。

「やあねえ、それじゃお守りじゃなくて呪いよ。わたしの言葉を呪いにしないで。ねえ、どうして娘のことばかりなの？　あなたはどうなの？」

「わた、わたし？」高崎夫人はしゃくり上げた。

「そうよ、あなた。あなたのことよ。娘じゃなくてあなたのこと。わたし、あなたの心を凍らせようとして言ったんじゃないのよ。生きてほしかったの。あなたにはあきらめてほしくなかったの。ねえ、あなた、この森を出なさい。あなたはまだ生きているんだから、苦しんだり、悲しんだり、もっとなさい。もっと生きなさい」

女は高崎夫人の手をにぎりしめた。「だあれ？」エメラルドグリーンに塗られたドアが開いて、中から怪訝そうな顔をした女が出てきた。年をとってはいたが、理知的な目をした、背筋がしゃっきりと伸びた女だった。左眉の上に大きなホクロがある。高崎夫人は目を丸くして、「写真の！」と声を上げた。二人の女は顔を見合わせた後、微笑んで高崎夫人を見やった。

「そうなの、この前、森で会ったの。また会えたの。あなた、あなた、また会うわ、わたしたち、きっとまた後で。それまで生きなさい」

「そうよ、生きなさい」

光の中で、花の中で、女たちが高崎夫人にうなずいた。森はまだずっと奥まで続いていた。

お昼どき、有楽町のコンベンション・センターの広場は、屋台と屋台に並ぶ人たちの列でごった返す。英子は、一番短かった焼きそばの移動販売車の列に並ぶと、発泡スチロールに入った焼きそばを手に入れ（目玉焼きがのっている）、広場の端の方に空いている鉄のベンチを見つけて座った。すぐ横に大きな木があるのでわりと日陰だ。英子はまた何かよくわからない国際会議のクローク係だった。初日の式典には人気のある文化人タレントが来ていたらしく、皆はしゃいでいた。懲りずに上まで見に行った鈴木さんは、また本部の人に追い払われて帰ってきた。活気のある広場の模様をぼんやり見ながら箸を使っていると、向こうから満面の笑みのグローバルが近づいてくるのがわかって、英子は一瞬でげっそりした。今日は最終日だがさすがに疲れてしまい、一人で過ごしたくて外に出てきたのに、これじゃ意味がない。グローバルは、当たり前みたいに英子の隣にどすっと座ると、英子が食べているものを見て非難の声を上げた。

「ちょっと、なに、焼きそば食べてるんですかあ。駄目ですよ、水曜日はボナペティのローストチキンが一番人気なのに。ほら、これですよ、これ。運が良かったなあ、今日は。すぐ売り切れちゃうんですよ」

グローバルは、心底うれしそうに輪ゴムをはずすと、ローストチキンの蓋を開けた。英子は、プラスチックがたてるばりばりいう音にさえイライラしながら、へー、そうですか、と答えた。しかし、バジルライスが添えられたローストチキンは本当においしそうだった。いいにおいもする。焼きそばのマヨネーズとソースの味が、妙に安っぽく感じられた。いつもの紺色のスーツのスカートに黄身のかけらが落ちているのに気づいて、英子は払い落とした。

「高崎さん、翻訳家志望なんでしたよね。どうですか、戦況は？」ローストチキンを幸せそうに口に入れながら聞いてくるグローバルに英子はむかっとした。英語で傷持つ同士なんだから聞いてくるなよ。この仕事にエントリーしている段階で、いい状態でないことぐらいわかるだろ。

「あー、まあ、ぼちぼちです。応募しようかなと思っているとこがあるくらいで。もうでも、なんだったら、英語なしの仕事でもいいかなって思いはじめたところです。事務とか。あと貿易関係だったら、ちょっと英語力が必要なとこもあるでしょうし、そういうとこでもいいかもしれませんね。その方が条件も良かったりするでしょうし。福利厚生とか」

「なんですかなんですか、弱気じゃないですかあ、駄目ですよ。グローバルの波に取り残されてしまいますよ」グローバルは朗らかに笑うと、つけあわせのフライドポテトをかじった。今度水曜日にここでごはんを食べることがあったら、ぜひともこのローストチキン弁当を食べたいと英子は思った。

「うーんと、でも、グローバルはわたしには関係なくて、ただ英語が好きだったんですよ。それに、グローバルって本当にあるんですかね？　もし本当にグローバル化する社会なんだったら、どうして英語を使う仕事が日本にはこんなに少ないんですか？

なんでわたしみたいに、どうにもならない状況の人がふきだまりみたいにいっぱいいるんですか？　英語学校も留学を斡旋する旅行会社もいい部分だけ見せて、後は責任取りませんって感じで、勝手すぎますよ。グローバルなんて都市伝説と一緒。信じた方がバカみたいっていうか。それに、もしわたしが翻訳家や通訳になれたとして、仕事としていろいろ訳すようになっても、自分がグローバル社会の一端を担っているようには思わないと思います。わたしはただ自分が生きるために仕事をしているだけだと思う」

英子は焼きそばをちまちま食べながらもそもそ猫背で言い募った。覇気のかけらもない、低い調子の英子の愚痴を聞いているうちにグローバルのギアも二段階ほど下がったらしく、次に口を開いたときは、いつもの高い声ではなく、だいぶ落ち着いたトーンのグローバルになっていた。

「うーん、そうかあ、そうですかあ。あの、実はわたしも翻訳家志望なんです。わたしはね、いくつに見えるかわかりませんが今38でね、前にいた会社でソフトいじめみたいな目に遭いましてね。ほら、よく女性同士の職場関係は恐いとか言いますけど、ほんとは男性だって恐くってですね、嫉妬だったり陰口だったり、それはそれはすごいわけです。むしろ女性同士のそれより陰湿だったりするんですよ、これが。それですっかりくじけてしまって、情けない話ですけど辞めてしまったんですよ、そこを。その後もう会社は恐いって思ってしまってですね、どうやって生きていったらいいんだろう、もうどうしよう、となっていたときに気づいたんです。まだ英語があるって。幸い留学経験もありましたし、英語はもともと得意でしたし、これさえあれば、最終的に一人で生きていけるって思ったんです。だからですね、広告が言うような、その、英語は魔法の扉だったりはしないわけですが、それでも英語はやっぱりどうしても自分にとって特別なんです。だから世界がグローバルというならわたしもグローバルですよ。はは、わたしのグローバルは空元気みたいなものですけど。ねえ、高崎さんにとってもそうですよねえ？　この仕事をしているほかの女の人たちも、人数は少ないですけど男の人たちにとってもそうだと思うんですよね。皆どこかのタイミングで思ったんじゃないかな、まだ英語があるって。今はつらいですけど、これからですよ、わたしたちは。きっと」

言いながらグローバルは、油でてらてらしている焼きそばの残骸の端に、フライドポテトを一つのせてくれた。英子は小さな声でありがとうございますとお礼を言うと、フライドポテトをぱくっと口に入れた。切迫感でぱんぱんになっていた英子の風船を、グローバルが細い針でついて穴を開けてくれたみたいだった。その小さな穴から、体内の淀んだ空気が抜けはじめているような気がした。

「大村さんが、最初に英語を好きになった瞬間っていつですか?」英子は、再びローストチキンに向き直ったグローバルに聞いた。グローバルは、そうだなあと口をもぐもぐさせながら、上を向いた。まるでグローバルのそれまでの人生が、そこに全部きちんと描かれているみたいだった。しばらくしてから、グローバルは「サウンドオブミュージック」と言った。

「サウンドオブミュージックですか?」

「そうそう、サウンドオブミュージックですね。小さい時に洋画劇場で見ましてね、親にねだってサントラを買ってもらったんですよ」

「うちにもサントラあります。母が好きで。ドレミの歌とかあるから、何度も聴かされて。はじめ日本語のドレミの歌と歌詞がぜんぜん違うからびっくりしました。ドがドーナツのドじゃない!って」

「ああ、そうですよね。わたしはあの歌がすごく好きだったんです、えーと、ほら、すべての山に登れ」

「ああ、クラーイムエブリマウンテーンってやつですね。いい歌ですね、あれ」

「そうそう、クラーイムエブリマウンテーン」

クラーイムエブリマウンテーン
サーチハイアンドロー
フォーロエブリバーイウェイ
エーブリパスユノー

クラーイムエブリマウンテーン
フォードエブリストリーム
フォーロエブリレインボー
ティールユーファーインドユアドリーム

広場の片隅で、グローバルと英子は、喧噪の中、誰も気づかないのをいいことに、一曲まるまる歌った。長い間忘れていたのに、歌い出してみたら、その後に続く歌詞も記憶の奥の方からするすると出てきた。そのことに、英子は少しびっくりした。日本人二人で、カタカナ英語で歌っているとバカみたいで、すごく楽しい気分になった。歌い終わると、「覚えているもんですね」グローバルが嬉しそうに笑った。「覚えているもんですね」英子も笑った。

「今度、うちの森に遊びに来ませんか。いい森ですよ、うちの森は」

「いえ、結構です」

「あらー、そうですかあ」


娘が帰ってくると、森が枯れていた。

森は、入り口のない、枯れた枝と蔦のドームへと姿を変えていた。娘は、森の入り口があったあたりに近寄ると、手を触れてみた。枝と蔦は何重にもからまり、その奥が見えない。森は娘を締め出してしまった。母はどこにいるのか。このドームの中にいるのか。それともどこか外にいるのか。

娘はゆらゆらと後退すると、近くにあった大きな石の上に腰を下ろした。急に喉に渇きを覚えた。体の中がすかすかした。娘はそこに座って待った。母が帰って来ないまま、いつの間にか長いときがたった。長い長いときが。ある日一人の旅人が、森にやってきた。森の入り口は閉ざされたままだった。大きな石に寄り添うように、小さな花が咲いていた。旅人は、その石に座ると、森を眺めた。旅人のすぐそばで、小さな花が、風に揺れていた。そんなイソップ童話展開もなく、しばらくするとドームの向こう側からばりばりと大きな音が聞こえはじめた。娘は石から立ち上がり、森にかけよった。まだ向こう側がどうなっているのかはわからなかったが、音は続いた。時折、ちょっとなによもう、とか、しつこい蔦ねえ、という声が聞こえてきた。娘は自分のいる側からも、蔦や枝を取り除こうとした。蔦も枝もなかなか手強く、作業はなかなか進まなかった。ふと思いついて、娘はかばんを投げ出したところに戻ると、中を開け、入れたままになっていた、いつかの外国製のはさみを取り出した。しっかりとはさみをにぎりしめた娘は、下から上にざざっとはさみを走らせて、目の前にあった蔦を一直線に切った。全体重を使って、枝を一本一本折った。その最中も、ずっと、ちくちくする、嫌になる、といった言葉が向こう側から聞こえてきた。途方もない作業に思えたが、少しずつ成果が現れた。まだ、入り口は完全に開かなかったが、ちょうど顔の高さの視界が開いた。森の向こうとこっちで、二人の女が顔を見合わせた。二人とも、ぼさぼさの髪で、はあはあ息を切らしていた。

「あら、英子」

「ママ」母の顔を見たわたしは安心で胸がいっぱいになった。「ママ、ママ、これどういうこと。何があったの」

母は冷静な顔で「ちょっと、英子、後ろに下がってて」と言い、同時に自分は後ろにかけ戻ると十分な距離をとり、まだ半分隠れている入り口に体当たりした。べりべりばきばきと壮絶な音をさせて、森の入り口は開いた。地面に倒れ込んだ母は土と砂で汚れた顔を払いながら、すぐにがばっと立ち上がった。そして「英子、森を出ましょう」。母は、さばさばとした顔で言うと、ぼろぼろの布切れと化したエプロンをはずした。わたしが着ていた、十年前母に買ってもらったスーツも蔦や土まみれで、枝に引っ掻かれたのか至るところに穴が開いていた。

「英子が一人暮らししたいならすればいいわ。わたしも一人で生きていけるようにならないと」

言いながら母は、ぼろぼろになったわたしのスーツの腕のあたりを一度なでた。スーツからはもうもうと土埃が空に上がった。少し落ち着いてから見に行くと、二人の家があった場所には、大量の枯れた花がばらばらと一面に落ちていた。母とわたしは、それを見つめた。

コンクリートの階段の一段目に足をかけた。まさかのエレベーターなし。神保町にある、あきらかにさびれた灰色のビルの三階。翻訳の実務経験はいりませんと書いてあった、ネットで見つけた医療関係の翻訳会社。それがわたしの職場になった。受かるわけないと思ったけれど、面接のとき、履歴書に目を通した社員さんは、結構しつこく英語してきましたねと笑い、はあ、そうでしょうか、とどう答えていいかわからないでいるわたしを見て、さらに可笑しそうに笑った。はじめの時給は１４００円。英語を使う仕事と使わない仕事、その差３５０円。昇給あり。それが今のわたし。

階段を三階まで上り終えたわたしは、そこで立ち止まると、目の前に広がるくすんだ色のビル街と明るい色の空を眺めた。わたしは、今いるこの景色しか見えない。深呼吸すると、会社の名前が書かれたガラスの扉を押して、中に入った。文献やプリントが散らかった自分のデスクに座る。パソコンの電源を入れる。一日がはじまる。

がちがちになった肩を回しながらトイレに入る。天然系の芳香剤がばらのにおいを散らしている。斉藤さんの森のにおい。先週また遊びに行ったら、斉藤さんの家のリビングには、シャンデリアがもう一つ増えていた。上を見ると、二つのシャンデリアが、この世のすべての光を集めたらこうなるんじゃないかってくらいに輝いている。うおお。わたしは感嘆の声をあげた。輝きすぎて、天井がないみたいに見えた。一面の光の中には、物語が浮かんでいた。その物語の中で、アルファベットのカードをもらった少女は目を輝かせる。後ろから女が少女を抱きしめる。光の角度が変わると、さっきの少女が女になり、女の手は少女の小さな手とつながれている。少女の手の中にあるカードに何が描かれているのかここからは見えない。光がきらきらと揺れるたび、少女は女になり、女が少女の手をひく。

斉藤さんがうきうきと言う。

「ふふふ、いいでしょう？　950点突破記念に買っちゃった」

「わあ、おめでとうございます」わたしは光に見とれながら、何度も手を叩く。

密接した二つのシャンデリアの下、斉藤さんとわたしは、ばらのジャムが溶けた、きれいな色のお茶を飲んだ。前回よりもシャンデリアの存在をさらに強く頭上に感じながら。斉藤さんの描いた窓から小鳥のさえずる声が聞こえる。「こうしていると、一人に一つシャンデリアがあるみたいですね」見上げながらわたしが言うと、

「ほんとね、一人に一つシャンデリア」

斉藤さんも天井を見ながら笑う。

「でも、もしこれが落ちてきたら、二人とも百発百中でお陀仏ね」

冗談とも本気ともつかない顔で斉藤さんは続けた。自分の席に戻って辞書をひいていると、ふとした瞬間、肩のあたりから斉藤さんの森のにおいがして、心強いような楽しいような気持ちになった。わたしは分厚い辞書のページを繰った。もうすぐ野原が見えてくる。

小さな橋を渡りながら、その上に覆い被さった柳の木の、そのやわらかい葉をなでる。「ただいま」。小径を歩きながら、横に広がる野原の花に声をかける。「ただいま」。薄闇の中、野の花たちが気持ち良さそうに風に揺れている気配がする。わたしは、柵を越えてこっちに顔を出していたノアザミの頭にぽんとふれた。今日は母のパートが終わる時間が遅いので、帰りにスーパーで総菜をいくつか見繕った。イカリングフライとか枝豆とか。この時間なら、スープぐらいは用意できそうだ。先週末に採集した木の実のサラダも作ろう。結局わたしたちは、今も森に住んでいる。ようやくわかった。自分の覚悟が足りなかったこと。自分の森なのに母の森にすることで、逃げていたこと。広告を信じていないふりをして、結局信じていたのは自分だったこと。英語は魔法なんかじゃない。性根を入れ直して森に住む。意地でも森に住む。わたしたちは、半分死んでしまった森をもう一度生き返らせることにした。種を植えた。木を植えた。家を建てた。ペンキを塗った。小さな花を、一つ一つ壁に貼りつけた。一つ一つ服に縫いつけた。それは地道な作業だった。元通り小花柄に戻った服を着た母は、上から下まで自分の体をしげしげと見ると、やっぱりこうでなくっちゃと嬉しげに言った。窓から飛び込んできた小鳥たちが、母の肩や頭に次々ととまっては、歌を歌った。小鳥たちの奏でる音楽を聞きながら、小鳥たちの肩や頭にしがみつく小さな力を感じながら、母は小花柄のお皿を洗いはじめる。小花柄のブラウスの袖を肘の上までまくって。

森がわたしを迎えてくれた。ざっざっと音をたてながら、わたしはよく馴染んだ森に足を踏み入れる。どこか奥の方でフクロウの声がする。すぐに沼が見える。森の入り口で踊っていた女たちの銅像はなくなって、今ではそこには小さな沼がある。なくなったというのは、本当は正しくなくて、正確に言うと、そこには女たちの銅像が埋まっている。原因はこの前の大雨だ。新しいつぼみや芽が出てきたといっても、まだまだ発展途上のわたしたちの森にとっては恵みの雨だったので、閉じ込められた家の中で、母とわたしは喜んだ。もうすぐ焼き上がるキャロットケーキのにおいが部屋には充満していた。けれど何事もなかったように雨がやんだ次の日、女たちの銅像は消えていて、そこは小さな沼になっていた。母とわたしはあっけにとられたけれど、すぐに慣れ、濃厚なチョコレートの飲み物のような沼を横目に、森から出かけては、帰ってきた。沼の表面からは、いつも小さな気泡がぷつぷつと生まれては消えた。

沼のところで立ち止まったわたしは、総菜の入ったビニールの袋を片手に持ったまま地面にひざをつき、冷たい泥にできるだけ顔を近づけると、耳を澄ました。泥の奥から、女たちのささやき声が聞こえてくる。日本語でもなく英語でもない、多分ほかの国の言葉でもなくて、ほかの誰にもわからない言葉。それは彼女たちだけの言語だった。

＊写真はイメージです

写真はイメージです。この写真はイメージです。青い空はイメージです。白い雲はイメージです。青い空の、ほら、ここ、誰かが手を離して飛んでいった赤い風船はイメージです。晴天でした。昨晩の天気予報を裏切ってのいい天気でした。気持ちのいい風に葉がさわさわと音をたてて揺れる木々にとまった鳥たちはイメージです。それぞれ微妙にちがう色をした羽の色はイメージです。もちろん風に揺れる木々もイメージです。年輪をなかにくるんでいる木々のごわごわとした皮はイメージです。数え切れないほどの木の葉はすべてイメージです。

写真の真ん中に構えている大仏はイメージです。この写真を撮るために結構な距離をとったのにもかかわらずその大きさに揺るぎない鎌倉の大仏はイメージです。少し錆びついた青銅色はイメージです。むっと閉じた唇はイメージです。ふくらんだ頬はイメージです。頭のぶつぶつはイメージです。おでこのぶつぶつもイメージです。幾重にも垂れ下がった服のドレープはイメージです。どれだけ職人の手がかかっていようとイメージです。

大仏の前で歯を見せて笑っている木村くんはイメージです。木村と書かれた白い名札はイメージです。詰め襟はイメージです。校章が彫り込まれた金ボタンはイメージです。まだ赤みの残る頬のにきび跡はイメージです。木村くんの横でぶすっとしている横田くんはイメージです。気にしないでください。ぶすっとしているのはただのスタイルです。思春期のやつです。横田くんの前の列でしゃがみ込んでいる橋本くんはイメージです。ながい前髪はイメージです。白いスニーカーはイメージです。脱色した髪にまゆげでこっちにメンチを切っている金沢くんはイメージです。しょうがないです。思春期のやつです。ほうっておいたらそのうち我に返ります。山田さんはイメージです。ぶっといみつあみはイメージです。髪ゴムについているプラスチックのカップケーキはイメージです。カップケーキの頂点に君臨する赤いさくらんぼはイメージです。山田さんの斜め後ろで斜めの角度できめている岡本さんはイメージです。プリクラで極めたベスト角度です。小川さんのくちびるで光る色付きリップはイメージです。校則で禁止されている色付きリップはイメージです。止めないであげてください。思春期のやつです。止めたら逆に非行に走ります。小川さんの隣のアヒル口でピースしている伊藤さんはイメージです。改造して短くなったスカートからのぞく力強い太ももはイメージです。こんなに力強くてもイメージです。伊藤さんの彼氏は橋本くんです。仲良しの小川さんにもクラスの誰にも内緒です。木村くんの彼女は岡本さんです。この前はじめて手をつなぎました。Bまでいったと木村くんは横田くんに報告しました。井上くんはイメージです。佐藤さんはイメージです。野村くんはイメージです。高橋さんはイメージです。彼氏はイメージです。彼女はイメージです。友達はイメージです。同級生はイメージです。引率の丸谷先生はイメージです。黄色いポロシャツはイメージです。しわの寄ったベージュのチノパンはイメージです。昨日嫁が出ていったのはリアルです。空前絶後のダメージです。それも結局イメージです。3年2組はイメージです。3年2組の生徒たちが踏んでいる石畳はイメージです。スニーカーの下の微かな砂利の感触はイメージです。売店で買ったソフトクリームの味はイメージです。ソフトクリームがたれて落ちたのはイメージです。この世界はイメージです。この写真はイメージです。

この写真を見ているあなたはイメージです。二つの眼はイメージです。眼にはりついたソフトコンタクトはイメージです。最近ぐっと視力が落ちたこの写真を見ているあなたはイメージです。あなたの鼻はイメージです。あなたの口はイメージです。幼少期に矯正したあなたの歯はイメージです。年々増えるあなたの皺はイメージです。年々増えるあなたのシミはイメージです。むしろイメージでよかったですね。上から下まで、あなたはすべてイメージです。

このページはイメージです。ページに印刷された小さな文字はイメージです。文字の羅列はイメージです。あなたが読んでるはしからすぐにイメージです。ええ、そうあなた、あなたです。さっきの物語上のあなたではなく、今度は本当にあなたです。あなたが読んだここまで全部イメージです。いいんです。別にたいしたことは言ってません。すぐに忘れて構いません。文字の連なりはイメージです。言葉の連鎖はイメージです。小説はイメージです。あなたが今読んでいるこの小説はイメージです。

おにいさんがこわい

（往々にして、人が口に出す言葉や表す態度は、その人が内に秘めたるものの十分の一にも満たない。平穏無事に一日を終えるため、皆自分を隠して生活している。

朝のオフィス。
出社したばかりのサラリーマン1が、隣のデスクですでにパソコンに向かっているサラリーマン2に声をかける。

1　オッス！
2　（小西、お前は朝から本当にてらいがないな。ここをどこだと思ってるんだ。どこで誰に話を聞かれているかわからない公の場である会社だぞ。実際まだ皆出社したばかりで、落ち着きなくあたりをうろうろしている時間だ。困るよ。おまえの「オッス」に俺を巻き込まないでくれ。その言葉を使うことで、どういう人間にジャンル分けされてしまう恐れがあるか、お前わかって言ってるのか。ほら、あそこで立ち話をしている吉田と荒井に聞こえるぞ。お前がどう思っているかは知らないが、俺の推察するところでは、あいつら、フェミニストだ。今だったらアラサー、アラフォーだなんて言われているけどな、一昔前ならお局さんなんて言われてた奴らだ。おっと、「お局さん」なんて間違っても口に出しちゃいけない。出そうもんなら、あの細くて高いヒールの靴でつかつかと歩み寄ってきて、「アメリカだったら訴えられてますよ」なんて言いやがる。小西、俺はこわいんだよ。もちろん奴らは普段何も言ってこないよ。いつもにこにこしてくれてる。でもな、心の中でどう思われてるかわかったもんじゃない。それがこわいんだ。いいか、あいつらは覚えてるぞ。俺達が「オッス」と言ったこと、覚えてる。そしてカテゴライズする。「オッス」なんて、男としての自分のアイデンティティを疑ったこともない懐かしのテレビスターや政治家ぐらいしか今時使わないような「オッス」なんて言葉を恥ずかし気もなく使えてしまう人だってな。そして俺達の言動が奴らの逆鱗に触れたときに思い出すんだ。あの人はこういう事をしたり、言ったりする人だと思ってたわ。だって「オッス」なんて言葉を平気で使えちゃう人だもの。そんな烙印、俺はごめんだ。余計な情報を奴らに渡したくない。どこまでも無難でいたいんだ。だから俺は絶対に会社では「オッス」は使わない。今度終業後の飲み屋で二人きりのときにお詫びの「オッス」を言わせてくれ。わかるか。お前はいつもそうだよ。無頓着にいろんなハードルを飛び越える。俺がこわくて飛べないハードルをお前はいつも軽々と飛び越えるんだ。「オッス」だって。よく使えるな。いつでも無敵気分かよ。そして悔しいことに、どうして無頓着なお前の方が奴らに好かれるんだ。俺が言った「オッス」は吉田も荒井も決して忘れないが、お前の言った「オッス」は吉田も荒井もどうせ忘れてしまうんだ。そうか、これは罠だ。小西、俺は騙されないぞ。俺に「オッス」と言わせて、吉田と荒井に聞かせようとしてるんだな。その手には乗るか。俺はそんな甘っちょろい男じゃないからな。見てろ！）おはよう。

1　おっ、そのネクタイいいな。

2　（小西、うれしいこと言ってくれるじゃないか。いいだろう、このネクタイ。俺もすごく気に入ってるんだ。しかしちょっと褒められたからって、ネクタイを購入した店やブランド名など、余計な情報を口に出さないように気をつけなければ。「そんなこと聞いてねえよ」「別に欲しかねえよ」「ちょっと褒めたくらいでうれしがってんじゃねえよ」、などと思われたら事だからな。「あいつはうれしがりだからたまんねえよな」と終業後の飲み屋で吹聴され、噂話の種になる可能性だってある。場を盛り上げるための道具に使われるのだけは嫌だ。それにこのネクタイは嫁が買ってきたものなんだ。このネクタイに関して、手柄は俺じゃなくて嫁にあるんだ。しかし「嫁が買ってきてくれたんだ」などと絶対に口に出さないようにしなければ。ほら、吉田と荒井が俺達の話を聞いてるぜ。今のご時世、結婚生活の話題を出すのは、タブーにしてリスキーだ。「結婚したくてもできない人もいるのに、無邪気でいいわねえ」などと陰口を叩かれかねないからな。「いや、違うんだ、嫁とは長い付き合いで、正直別れようかと思っていた矢先、子どもができてしまって、しょうがなく結婚したんだ、ときめきなんて少しもないんだ」などと嘘をでっち上げて謙遜してみても、ますます泥沼にはまるだけだ。それに「子どもができてしまって」なんて俺は絶対に言わないぞ。それこそ「世の中には欲しくてもできない人もいるのに贅沢な悩みよねえ」「無神経ってこわいわよねえ」などと言われかねない。ここは慎重に慎重を重ねよう）ありがとう。

1　おうっ。

二人はそれぞれ自分のデスクに直り、静かに仕事に取りかかった。

こんな調子のドラマがもしあったら、退屈過ぎて誰も喜ばないに違いない。すぐにチャンネルを替えられてしまうだろう。テレビの中の人ぐらいは、いつでも自信たっぷりでいて欲しい。だけど現実はだいたいこんなようなものだ。たぷたぷに注がれた感情は、外に出てくるときにはすっかり細く整形し直されている。喩えるなら、そう、漏斗に注がれた水のように。

収録スタジオにはオーディションで選ばれた子どもたちが集められていた。彼らは、おにいさんの登場を待っている。

おにいさんは鍛え上げられた筋肉質の体に不似合いな水色のポロシャツと白いスラックスを身につけ、値段の高そうな白いスニーカーを履いて、虹を模したアーチの後ろにスタンバイしていた。茶髪が照明に反射し、まぶしく輝いていた。おにいさんがおにいさんになってから三年が経過しており、おにいさんには最早何の緊張も危惧もなかった。無論おにいさんまでその言葉は届いていないが、完璧過ぎて「嘘くさい」と評されることもあるさわやかな笑顔も、いつでも繰り出すことができる。真っ白い歯がポイントだ。おにいさんの全身から自信がみなぎり、そこが大きな魅力となっていた。乳製品のCMに出演経験もあるみちるちゃんが第一声となるセリフを与えられており、幼いながらに心得た彼女は、はじまりの合図を見逃さないよう指でサインを出すためスタンバイしているスタッフをじっと見つめていた。「ではもうすぐ本番です！」「はーい、じゃあ、みんなはじめるよ～」。さっきまでの喧噪が掻き消えスタジオが静まり返った。みちるちゃんのくりくりした大きな目がさらに大きく見開かれた。

みちる　（アーチを指さしながら）あっ、おにいさんだ！

おにいさん登場

おにいさん　やあ、みんな元気かな？　おにいさんだよ！
みんな　（おにいさんにかけ寄りながら）わあ、おにいさんだ！
みちる　（ほっぺたをふくらませながら）おにいさん、おそい。
おにいさん　ごめん、ごめん。みんな、待たせてごめんな。
よしき　おにいさんってだれなの。ねえ、おにいさんってなんなの。うわーん、こわいよ～。

スタジオに甲高い喚声が響き渡った。えっ。おにいさんの周りに台本通り集まって輪を作っていた子どもたちは一斉に振り返った。開始地点から微動だにせず、その場で足をふんばり固まったような姿勢の少年は、見るからにしっかりとした骨格をしており（ラグビーを習わせるといいのではないか）、武蔵坊弁慶の立ち往生もかくやという力強さであったが、首から上は幼児らしく顔をゆがめ、ひたすら泣きじゃくっていた。まったく台本にない展開に、子どもも大人も一瞬でざわついた。おにいさんの笑顔が固まった。

「ねえ、おにいさんってなんなの。こわい。よしき、こわいよ、おにいさんがこわいよ～」

「よしきくん、どうした？　ほーら、おにいさんだよ。よしきくんのおにいさんだよ」

おにいさんは、ぐじゃぐじゃと泣き続けているよしきに急いで近づきひざまずくと、子どもと同じ目線になって小さな肩に手をかけたが、よしきはおにいさんの手を振り払い、そのまま手足をばたばたさせた。

「よしき、おにいさんなんていないもん。よしきのママ、おにいさんなんてうんでないもん。うわーん、こわいよ〜」

「よしきくん、やめなよ、もうあかちゃんじゃないんだから。おにいさんっていわれたらおにいさんでいいんだよ」

　みちるちゃんが大人からの心証アップとばかりこれ見よがしに助太刀に入る。

「じゃあ、じゃあ、みちるちゃんはわかるの、おにいさんってだれなの、おしえてよ、おにいさんってなんなの」

「えっ、おにいさんはおにいさんでしょ」

「ど、どうしてすぐおにいさんだってわかるの？　どうしてすぐにしんじられるの？　み、みちるちゃんのおにいさんなの？」よしきはひきつけを起こしながらもしつこく問う。

「みちるのおうちにもおにいさんはいないよ。でもね、もうすぐいもうとかおとうとはできるんだって。それでママとパパ、いまがんばってるんだって。ママはね、こんどはおとこのこがいいんだって。だからね、それもがんばってるんだって。うみわけっていうんだよ」という愛娘の返答を聞いたみちるママが慌てて乱入し、「みちる、だまりなさい、こらっ、みちる！」と娘の口を塞ぎ、ずるずるとセットの外に退却した。よしきは喚き続け、ほかの子どもたちはお互いの顔を見合わせた。困った顔だった。渦中に立ちすくんだおにいさんは、とうとう来たかと思った。よしきが空間に隙なくべたべたと貼りつけた泣き声が、知らせの鐘のようにわんわん響く。予言の通りだ。

スタジオの隅で、事の成り行きにおねえさんは固まっていた。おねえさんはおにいさんの登場の後、続いて呼び込まれる予定だった。眼前では男の子が「おにいさんってなんなの〜」と泣き叫んでいる。そうだ、もちろん、あんな奴、おにいさんなんかじゃない。おねえさんは強くうなずく。プロデューサーにはへこへこごまをすり、自分より下だと判断した人に対してはふんぞり返った態度のあいつの何がおにいさんだっていうのだ。今だって呆然として、突っ立っているだけじゃないか。本当のおにいさんだったらこんなことになるはずがない。

だけどあそこに出ていった瞬間、今度は「おねえさんってなんなの〜」とあの子は叫び出すに違いない。次の生け贄は私、血祭りに上がるのは私。おねえさんは唇を嚙んだ。わかっている。私はおねえさんなんかじゃない。

おねえさんの名前は佐々木みきという名前で、でもこれも本当の名前じゃなくて、本当は笹川明子だった。佐々木みきは、事務所の社長が、短くしたら「ささみき」になって覚えやすくていいじゃん、などと言いながら適当につけた。鶏肉みたいで嫌だと思った。でも言えなかった。エキストラやｗｅｂドラマの端役など、小さな仕事なら結構あった。でもやりたい仕事は一つもなかった。オーディションに受かっても、本当はうれしくなんかないのだ。それでもどうすることもできず、やりたくもない仕事に応募させられ、俺が仕事を取ってやってるんだという態度の、ほかに何人も担当しているマネージャーから「今回は残念でした」とメールが来るたび、アホらしくて仕方なかった。うじゃうじゃいる売れたくて売れたくて必死な人たちの近くにいると苦しかった。全員嫌いだった。でも自分も同じだという事実が、ブーメランのように跳ね返ってきた。

おねえさんはようやく決まった大きな仕事だった。評判も上々で、何の問題もなく一年が過ぎた。このままいけると思っていた。そうしたらこれだ。おねえさんなんて本当はどうでもいいと思っている私の気持ちを、あの子はすぐに炙り出すだろう。そりゃそうだ。おねえさんなんかじゃないのにがんばろうとするから。つまらない夢を見るからこうなる。もうたくさんだ。やめてもおねえさんだった事実は消えないだろう。ニセモノのおねえさんだったのに、さもさも本当のおねえさんだったかのように、ネットや見ていた人の脳みそに情報が残るだろう。私がこれからどんな仕事に就いても、私を見たことのある人覚えている人が、あなたはおねえさんだったでしょう、すごいじゃない、とにこにこ笑いながら言うだろう。すごくなんかないのだ。私はニセモノだったのだから。それよりいっそその記憶を大海原に捨て去ってほしい。セメントブロックの重りをつけて二度と浮き上がらないように。私がおねえさんだったことを知らない人にも、知っている人たちがご親切にも教えてくれることだろう。わざわざ検索してくれる人もいるだろう。新しい同僚や友人の名前を検索して、その行為をわざわざ本人に教えてくれる人たちの神経を疑うだろう。そして私はそういう人たちを一人残らず大嫌いだと思ったり、日によっては心の中で首を絞めたりぶん殴ったりするかもしれない。きっとこれからもどんどん人を嫌いになる。今ちょっと考えてみただけでも虚しい。だけどおねえさんのふりを続けるよりはましなはずだ。今の私にはあそこに出ていく勇気がない。あの子の前に立つ勇気がない。笹川明子は静かに後ずさると、戦後の混乱ならぬスタジオの混乱に乗じて逃げた。

仕切り直しの撮影は、よしきもおねえさんもはじめからいなかったかのように行われた。ディレクターがそうでなければ子ども番組の仕事は務まらないとばかりに配慮と機転を見せ、心機一転気分を変えて屋外で体験コーナーの撮影をすることになった。

ロケだ。

「いい？　おにいさんはこわくないから安心していいからそういうおしごとの人だから」と撮影の前に何度も念を押す保護者の姿も見られた。

　この日はおにいさんと子ども四人が集められた。衣装は全員ボーイスカウトのような開襟シャツと半ズボン。一人一人違う色のバンダナを、首から提げたり、頭に巻いたり、ポケットに入れたりと、誰一人としてアイデアがかぶらないように衣装さんがアレンジして回った。この場でバンダナの可能性、バンダナでできることは出尽くしたと言ってもよかった。

製紙工場の前

おにいさん　さあ今日は、紙作りを見学にいくよ。
みんな　かみ？
みちる　ねえねえ、おにいさん、かみって、あのかみ？（指で四角を作るジェスチャー）
おにいさん　そうだよ、その紙だ。みんなどんなときに紙を使うのかな？

ゆうと　ええと、じをかいたり。
おにいさん　うんうん。
かずき　えをかいたり。
みちる　えほんも！
おにいさん　そうだね。そんなみんなの生活に欠かせない紙ができるまでを今日は見せてもらいます。かんなちゃんは、紙を作ったことあるかな？
かんな　ないです！
おにいさん　ゆうとくんは？
ゆうと　ないです！
みちる　そういうおにいさんはかみをつくったことあるの？
おにいさん　（胸をはって）もちろん……ない！
みんな　（笑う）あははは。

撮影は順調だった。しかし製紙工場内に移動し、実際に紙作りを見せてもらう撮影の段取りに入ったとき、「うわーん、おにいさんがこわいよ～」という泣き声が、突如として現場に挿入された。声の主はみちるちゃんだった。

「なんかね、きゅうにわかんなくなったの。おにいさんってなんなんだろう。よしきくんもいってたでしょ。こわいよ、みちる、なんだかとってもふあんだよ～」

前回同様みちるママがさっと現れ、「ママ、ママはわかるの？　おにいさんってなにかわかるの？」と泣きながら言い募ってくる娘の口を塞ぐと工場の外に連れ去った。後でもう一度オープニングをみちるちゃん抜きで撮り直すことになり、撮影はそのまま続行された。おにいさんはスタンバイしていた製紙工場の社員さんに、

「それではおにいさん、紙作りを見せてもらえますか」と台本通りの言葉を投げた。おにいさんのセリフを受け、製紙工場の社員さんが人生で初めての経験に緊張しながらも放とうとした渾身の一言を、ゆうとくんがおろおろしながら遮った。

「えっ、おにいさんがあのひとのこと、おにいさんっていったよ？　ねえ、おにいさんはこのひとじゃないの？　あのひともおにいさんなの？　こんらんしてきた。ゆうと、こんらんしてきたよ～」

しゃくり上げているゆうとくんがゆうとママの手によって工場の外に回収され、おにいさんと残った子ども二人で撮影が再開された。

なんとか笑顔を保ったおにいさんは内心蒼白で、それは悪い汗として外側に表出した。びしょびしょになっていくシャツが不快だった。見かねた衣装さんがシャツの替

えを持ってきてくれた。着替えたシャツもすぐにじんわりと嫌な熱を持ち、自宅の枕と同じ温度になった。悪夢にうなされるおにいさんの首の汗を夜毎吸い取ってくれる枕と。

おにいさんがおにいさんのオーディションに受かる少し前のことだった。おにいさん以前のおにいさんは、短期バイト先の酒屋がある商店街をたらたらと歩いていて、女に声をかけられた。声の主を探して振り返ると、紫色の半透明なヴェールで顔を隠した女が、シャッターが下りた商店の前に小さなテーブルを出して座っていた。テーブルには白い布がかけられ、「アザ占い　無料」と黒い字で書かれた白い紙が貼ってある。「無料」には傍点が振られ、強調してあった。どう考えても怪しさ満点だったが、バイトが終わった後で何も用事がなく暇を持て余していたことと、ヴェールをかぶった女の顔をもっとちゃんと見たいという浅はかな理由で、おにいさんは女の指し示すイスに腰かけた。近寄って見ると、ヴェールの奥に隠れた女の顔がとても美しいことにおにいさんは気づきときめいた。

「俺、アザとかないっすけど」

おにいさんの言葉に女は微笑んだ。

「必要なのはあなたのアザではありません」

女はそれまでテーブルの下にあっておにいさんには見えなかった左腕を、手の平を上にしてテーブルの上に横たえた。手首からひじまでの腕の腹全面に、青みの強い墨色のアザが広がっていた。

「どこでもいいから私のアザを触ってください」

おにいさんは女の顔が大真面目であることを確認してから、恐る恐る人差し指で、女の手首から五センチぐらい内側の箇所に触れた。

おにいさんが選択した箇所を見つめ少し考えた後、

「あなたにこれから大きな幸運が舞い込むでしょう」と女は告げた。

「おお、マジっすか」おにいさんは茶化した。

「はい。あともう一点触ってみてください」

おにいさんは、今度はアザのちょうど真ん中あたりを指差した。女の表情が曇った。

「けれどそれからあなたの前に試練が訪れます」

「試練？」

「あなたの罪を暴こうとする者が行く手に立ちはだかるのです」

おにいさんはよくわからない気持ちでアザ占いの女を後にした。それからすぐにおにいさんの仕事が決まり、野性味を持ち合わせた今までにないおにいさんのキャラクターが子どもだけでなく主婦層にも受け、おにいさんの生活は一変した。ランドセルのCMやトーク番組など、仕事は次々と舞い込み、ちやほやされる新しい自分を当たり前だと思うのに時間はかからなかったが、腕にアザのある女の予言を思い出すのにも、同じくらい時間はかからなかった。

その頃から、毎晩おにいさんは悪夢にうなされるようになった。夢の中で、おにいさんは高層ビルの屋上にスーパーマンのように立っている。きらきら光るマントを身につけたおにいさんを、雲の中からスポットライトが照らしている。そのうちに、おにいさんは高層ビルの下から無数の光る目に見つめられていることに気づく。光る目は少しずつ大きくなる。高層ビルをよじ上ってくるのだ。おにいさんの胸は恐怖で張り裂けそうになる。はじめ光る目の主は黒い影でよく見えないままだったのだが、あの撮影の日以来、主ははっきりとその姿を現した。よしきだ。無数のよしきが高層ビルをよじ上り、おにいさんに向かってくる。よしきたちはおにいさんから目を離さない。じっとおにいさんを見つめている。屋上では逃げ場がないとおにいさんは怯えるが、いつの間にか、おにいさんは普通にアスファルトの上に立っている。次の瞬間、おにいさんは自分の体の上にハムスターサイズのよしきたちがわらわらとしがみついていることに気がつく。おにいさんは小さく悲鳴を上げる。よしきたちはおにいさんの顔まであっという間に到着すると、おにいさんの頬を一心不乱に引っ搔きはじめる。おにいさんの頬を内にえぐろうとするよしきたちの執拗な爪の動きに、おにいさんの面の皮を剝ごうとしていると感づいたおにいさんは絶叫する。そこでいつも目が覚める。

この日の夢からは無数のよしきとみちるちゃんとゆうとくんがおにいさんを襲い、次の撮影日の夜からは、無数のるかちゃんとようちゃんがおにいさん襲撃隊に加わった。スタジオの子どもの数が減るたびに、おにいさんの夢の登場人物は増えた。それに合わせるように、夢自体の尺も伸びた。ハムスターサイズの子どもたちはおにいさんの体を蠢きながら覆い尽くし、容赦なく爪や歯を立てる。ゾンビ映画でゾンビに襲われ、そんなに強く触られているようには見えないのに、瞬く間に皮膚が裂け中から赤紫色の内臓がべろべろ出てくる人みたいに、よしきたちに襲われたおにいさんの面の皮はすぐに剝がれた。顔のないおにいさんは、もう誰だかわからない。

おにいさんは商店街を急いでいた。変装用のキャップを深くかぶり、眼鏡をかけたおにいさんがここに来るのは三年ぶりだった。夜の七時を過ぎても、まだまだ商店街には人が多く活気があり、歩く速度を落とさないわけにはいかなかった。

「えー、私あいつ嫌い。演技下手だよね」

「いいんだって、アイドルなんだから」

制服を着た女の子の二人組とすれ違う。一人はかばんにピンク色のくまをつけている。

後ろからスーツの三人組がおにいさんを追い越す。

「星一つもつけられないよな」

「ほんとマジで俺の貴重な時間と金損した」

「へーそんなにひどいんだ。読むのやめよ」

おにいさんになってから、おにいさんは人々が何気なく話しているこういう言葉で、胸が痛くなるようになった。たとえおにいさんについて話しているのではないにしても、きっとおにいさんもどこかで同じようなことを言われている、そのことの証明のように感じるのだ。そしてそういう言葉ほど、皆がまるでおにいさんの耳だけをピンポイントで狙って発話しているように、はっきりくっきり聞こえた。まるでどこかに台本があって、各自何度も口に出して練習し覚えたセリフのように。そうじゃないと説明がつかない程鮮明な輪郭線を持って、言葉はおにいさんに突き刺さった。

おにいさんであることに疲れたおにいさんは、このとき商店街で、生まれてはじめて皆が渡してもらう台本と同じものが欲しいと思った。一体どこにあるんだ。あの角を曲がったら、台本配ってたりしないか。あそこの肉屋に入ったら、台本売ってたりしないか。金はいるのかいらないのか。一部いくらくらいなんだ。それとも実費としてコピー代だけ頂きますか。紙代もばかにならないからな。けれどおにいさんに皆と同じ台本が配られるはずがなかった。おにいさんにはおにいさんだけに用意された台本がある。いつも笑顔で、自分の意見なんて決して表明しない、みんなのおにいさんであることを強要する台本が。

おにいさんは「黒ひげ危機一発」のプラスチックの海賊みたいなものだった。言葉が小さなナイフとなって、おにいさんが捕らえられた樽に、ぶすぶすとさし込まれる。皆ためらいなくナイフを刺し、おにいさんが我慢できなくなって飛び出すのを、笑いながら今か今かと見つめている。

「うわっ、シフト書き忘れた！」

「明日電話すれば大丈夫だって。それよりグラコロ食べてこーぜ」

だらっとした歩き方の大学生が通り過ぎた。二人とも足の裏から地面まで薄紙一枚というくらい地面を近くに感じることのできるスニーカーを履いている。おにいさんも昔愛用していたコンバース。

「手つないでなんて言えなくない？」

「ぎゃー、言えない言えない！」

女の子が二人駆け足でコンビニに吸い込まれて行った。

こういう言葉は気にならなかった。こういう言葉ばっかりだったら苦しくないのに、とおにいさんは思った。

「拡散希望！　拡散希望！」

宣伝カーがのろのろと商店街を進んでいった。


三年前アザ占いの女がいた路地に女はおらず、ゆるくウェーブがかかった長い髪を後ろで一つに括りレインボーカラーの毛糸のニット帽をかぶった男が一人、「あなただけのためにポエムを贈ります」と書かれた厚紙が置いてあるビニールシートの上に座っていた。ヒッピー男とおにいさんの目が合った。

おにいさんは人にぶつかるのも構わず、今来た商店街を逆走していた。同じ道でも走っていれば、耳に入ってくる言葉は、意味も何にもない欠片に過ぎず、気にならなかった。

次の撮影では、えまちゃんとはるまくんとかずきくんが撤収された。その次は、こうくんとくるすちゃんとかんなちゃんが脱落。皆増殖しておにいさんの夢に蘇ってきた。白髪が増えたことをメイクさんに指摘されたおにいさんは髪を染め直した。新しい子どもたちが補充された。けれど駄目だった。笑って歌い踊っていた子どもたちが、ある日ある瞬間、突然思い至ったとばかりに放心した顔をして動きを止め、「おにいさんってなんなの～」と愚図《ぐず》り出す。法則があるのかないのか、一人ずつよくわからないタイミングで感染していく。切りがなかった。「あの作った笑顔がこわいのかしら。ほら、目の奥が笑ってないときがあるじゃない」「子どもにしかわからない直感的なものかも」「もしかしてロリコン」などと保護者はひそひそ噂し合ったが、はっきりした原因はわからなかった。子どもたちは泣き叫んだ。それでもおにいさんは笑顔を作り続けた。ポーズを決め続けた。スタジオにいる人間が一人、また一人と減っていった。衣装さんとメイクさんが来なくなった。おにいさんは自前のポロシャツを着た。ユニクロに買いに行った。メイクも自分でやった。お弁当を持参した。水筒を毎朝お茶で満たした。真っ白だったスニーカーが薄く汚れた。セットが撤収され、カメラがただの黒い塊に姿を変えても、おにいさんは立ち続けた。スタジオの照明が落ちて、真っ暗な闇の中に一人取り残されても、おにいさんはそこに立っていた。

あのときどうしてあんなにおにいさんのことがこわかったのかわからない。おにいさんはおにいさんという役柄を演じていただけだったのに。おにいさんじゃないときのおにいさんがどんな人だったのか、今ではわかりようもない。今更ただの自己満足に過ぎないのは重々承知だ。けれどどうしてもこの言葉を、この気持ちを伝えたくて、ようやくあなたのお宅を探し出しました。素敵な住宅街ですね。意外といい家に住んでおられるようで安心しました。あのときは本当に……）

その日、男が自宅のポストを開けると、「ごめんなさい」と一言書かれたメモが一枚入っていた。男はメモを手に取ると、怪訝な顔で首を傾げた。

スカートの上のＡＢＣ

Aは、青と白のチェックのスカートをはいている。軽い、フレアーなデザイン。だけど、今のAは、いざとなったらくるくるダンスを踊ることができる脚と、それに合わせて気球のように広がることができるスカートのポテンシャルをデスクの下にきゅっと押し込め、パソコンに向かい書類を作成している。パチパチパチパチパチと小さな音を絶えず指先から生み出しながら。

古い型のパソコンには、以前このパソコンを使っていた誰かが貼ったらしいシールの跡が残っていて、目につくたび、一体全体何のシールが貼ってあったのか、Aは知りたくてたまらなくなる。子どもっぽい人だったのかな。でも大人になっても、シールを貼るぐらいいいよね。Aは自分の手帳に貼られた多種多彩なシールを思い浮かべる。シールは、季節ごとにソニプラに買いにいく。ちがうよ、今はプラザになったんだよ。高校生の従妹はそう言っていたけど、Aの中では変わらずソニプラだ。ときどき、Aは人差し指でシールの跡に触れてみる。Aがこの席に毎日座るようになる前に、ここに毎日座っていた誰かの余韻に触れてみるように。あなたは、今どこでどうしていますか？　さらさらしたパソコンの上で、そこだけざらっとした感触。昨日自分で塗ったピンク色の爪がきらっと光る。

Bは、花柄のスカートをはいている。隣の部署まで、クリアファイルに入れた書類を届けに行くところだ。クリアファイルは、だいぶ前に行った仏像展で買ったものだ。Bが歩を進めると、スカートの上で、明るい色の花々が野原で風に吹かれたように揺れる。黄、オレンジ、緑、ところどころに散った赤。切りたての髪が、耳の後ろをくすくすくすぐる。

切ってよかったな。Bは思う。とにかく最近忙しくて、休みの日は一日家で寝ていたかったけど、でも無理して美容院に行ってよかった。すきっとして美容院から帰ってきたら、部屋の汚さが目について、こうなったらとそれから部屋の大掃除をした。ゴミを何袋も捨てた。Bはきれいになった自分の部屋をうっとりと思い浮かべる。はやく自分の部屋に帰りたい。Bはとても気分がいい。

それに今日は、新品のスカートをはいている。去年、Bはこのスカートに一目惚れし、しかし同時にその値段に落胆し、セールの時期まで残っているよう心の中で静かに祈った。その祈りは神に聞き届けられた。スカートは無事Bのものになり、季節を一周した今日という日、Bはこのスカートにはじめて足を通した。Bは花たちと一緒にオフィスを移動する。デスクの間を迷いなく前進していく。つるつるとしたベージュのフラットシューズがきらっと光る。

Cは、象形文字の模様のスカートをはいている。ちがう、よく見ると錨柄のスカートだ。青地に、縄がまきつけられた鈍い色の錨のモチーフが、等間隔で並んでいる。錨柄のスカートでまっすぐ立っているCは、提出した書類のミスを上司に怒られている。そのミスはそもそも上司の指示ミスで生まれたものだったけれど、上司はもちろんそんなことは覚えていない。本当に覚えていないのだろうか。そんなことあり得るだろうか。なんとなく手に持ったままになっていた猫のかたちをした小さなクリップを、Cはにぎりしめる。

Cは太い縄をえいやっと放り投げると、上司の首に錨を見事引っ掛ける。驚いた顔の上司の首に食い込んだ錨を、Cはそのまま海に投げ込む。錨と上司が大きな弧を描いて大海原に消えていく。海は頓着なく、錨と上司をその懐に受けとめる。最後の瞬間、錨がきらっと光る。腰に手を当て港に仁王立ちしたCは、夕日に染まる地平線を満足げに眺める。

上司の小言はまだ終わらない。ねちっこくべたべたと言葉を重ねに重ねている。Cは手の中の猫型クリップをいじくりはじめる。本当に忘れているのだろうか。忘れているふりをしているだけではないのか。なぜそんなに堂々と忘れていられるのだ。Cは心の中で中指を立てる。

「いい柄ですね」

マグカップにティーバッグを放り込み、残りが少ないせいで給湯ボタンを押すごとにがぼごぼと不細工な音をたてるポットからなんとか一杯分のお湯を集めることに成功したわたしに、馬場さんが声をかけてきた。馬場さんは、わたしのスカートをにこにこと見つめている。

「こういうの、めずらしいですね。女の人たちの柄がパターンになってて、すごく素敵」

「ありがとう、この前見つけて。会社にはちょっと派手かなと思ったんだけど」

いつの頃からか、自分の持ち物を褒められると一瞬萎縮してしまうようになったわたしが言うと、馬場さんはわたしのスカートを指差しながら首をふる。

「そんなことないですよ、青木さんのスカート見てるとこっちまで楽しい気分になるっていうか。ほら、この座ってる女の人、これ、わたしみたい」

「ほんとだ、チェックのスカートがお揃いだ。じゃあ、わたしはどれだろう」

　わたしは自分のスカートを両手でつまみあげ、馬場さんとわたしの前に広げた。スカートの上の女の人たちを二人で真剣に見つめた。

「うーん、この歩いてる女の人じゃないですか。青木さん、髪型似てますよ」

「じゃあ、これ、わたし」わたしが笑いながら言うと、「はい、決まりです」と笑って馬場さんは引き出しの探索をはじめる。

「何探してるの？」

　いつの間にか後ろにいた椎田さんが不思議そうな声で言い、馬場さんが答える。

「爪楊枝です。引き出しの隅に埃がたまって、取れなくて。見るとイライラするんですよ」

「ああ、なるほど。爪楊枝はこっちだよ」

　椎田さんは流しの上にある棚を開くと、つま先立ちになり、上の段を探り出す。椎田さんのはいている水玉模様のスカートから突き出たふくらはぎが、ぴんと伸びる。爪楊枝をつかんだ椎田さんが「ほら、あった」と言い、わたしと馬場さんが「おお」と小さく拍手する。パチパチパチパチパチと。

「青木さんのスカートいいね」と続けながら、馬場さんに爪楊枝を椎田さんは手渡した。

「ありがとうございます。ね、スカートいいですよね」

「うん、いいね」

「ありがとう。いいでしょ、このスカート」

　わたしはマグカップを手に狭い給湯室から出る。さらにお気に入り度が増したスカートを揺らしながら。

　自分のデスクに戻って、スリープ画面を眠りから解き放ったとき、会社がカーテンのように波打って揺れた。よく起こる現象なのだけど、理由はよくわからない。別に仕事には何の支障もない。ときどき会社が折り畳まれるときがある。くしゃくしゃになっているときがある。水の中で、ぐわんぐわん会社が回転するときもある。

わたしは、やりかけになっていた仕事を再開する。淹れたばかりのお茶を飲みながら。なんとなく、給湯室に立つ前よりも体が軽くなった気がする。わたしは、キーボードを叩き出す。パチパチパチパチパチと。

博士と助手

今日もみなさんご発信ありがとうございます。あなたも、あなたも、そこのあなたも。どうもご発信ありがとうございます。ええと、それではどちらからいきましょうか。そうですね、前回はこちらからだったので、今日はがらっと気分を変えてこちらからお願いしましょうか。ねっ、そうしましょう。はい、そうです、あなたからです、ええ、もりかわさん。

ほう、なるほど、ふむふむ、なんと、会社で嫌なことがあって気分が晴れず、アフターセブンに人生ではじめての一人飲みに挑戦。内心どきどきしながらワインバーのカウンターに腰を落ち着けると、隣のスツールに座っていたこれまた一人飲みの女性と意気投合。そのままはしごした高架下の焼き鳥屋でいいにおいのするけむりに包まれ二人大笑いして、ぎりぎり駆け込んだ終電。慣れ親しんだ最寄り駅からの帰り道、夜風が頬に冷たく気持ちよく、思わず街灯の下に立ち止まり、「出会いに感謝」と書き込んだと。なるほど、出会いに感謝。うつくしい言葉です。うんうん、出会いに感謝。いいですねー、もりかわさん。えっ、なんですか、まだ終わりじゃない、こりゃ失礼。ええ、そして一人暮らしの自分の部屋のドアを開けてみれば、すべてじぶんのお気に入りでしつらえられた居心地のよいじぶんだけの空間が待っていてくれる。ふむ、ホームスイートホームというとこですかな。あっどうぞ、続けて。ゆっくりお風呂につかり、お気に入りの部屋着に着替えてほっと一息。続けて「日々に感謝」と書き込んだ。日々に感謝！　でましたね、もりかわさん！　なんとまあ、伝わりますか、もりかわさん、わたくしの感激が！　いやーすばらしいですね。ねえ、みなさん、なかなか言えないことですよ、日々に感謝とは。日々に感謝。

もりかわさん、あなたが今日経験し感じたいろいろな出来事、様々な気持ちがその一言で、たった一言で表現できてしまう。いやはや、魔法の言葉ですな、「日々に感謝」とは。もりかわさん、わたくし、じぶんのことのようにうれしいです。ありがとう。どうもご発信ありがとう。あっ、こりゃ失敬、わたくしの汗ばんだ手で握手など求めて申し訳ありませんでしたな。どうにも喜びが押さえられなかったもので。さあ、こうやってタオルハンカチでしっかり汗を拭きましたから、ね、みなさん、大丈夫ですよ、ほら、このとおり。

それでは、そう、まえださん、あなたです、あなた。なんですと、好きな映画監督の新作を公開初日に鑑賞したと。そのフットワークの軽さ、わたくしも見習いたいです、まえださん。で、なるほど、いつも通り大層おもしろく、早速「今回も○○節は健在！」「いつもの○○節が炸裂！」とそれぞれ書き込んだと。ええ、そうでした、ＴＰＯによってキャラを使い分けるまえださんには、二冊ノートをお渡ししておりますからね。なるほどー、それにしても〇〇節とはまた粋な表現をお使いになりますな。よくよくそのフレーズを見ていると別になにも言ってないじゃないか、情報としてゼロじゃないか、なんてことは気にせず「！」で押し切るその気概、アグレッシブでいいと思います。また、今回もということは、前回と同じ、つまりは毎回同じだというわけで、それって製作者サイドからしたら言われてうれしい感想なのだろうか、とそんなこともちろんこちら側からしたら一ミリも関係ないわけですからね。ないですないです。まえださんはコアなファンなわけですから、もちろん褒めているわけです。ええ。あれですな、なんだかあれを思い出します。ほら、あの大手通販店の商品の感想を書くあのページでたまに見る「気軽に見れておすすめです」「すぐ読み終えられるのでおすすめです」というあれを思い出しました、わたくし。あれもなんといいますか味わいのある言葉でありますな。それはだから褒めているのかと、書き込む前に一度持ち帰って上司と検討して頂きたくなりますな。少々脱線してしまいましたが、いや、まえださん、すばらしいですよ。〇〇節。まえださんがその監督のことを知っていて、その監督の作品を毎回チェックしているという事実をさくっとみんなに知らしめたい、そのアピール、わたくしの胸にしかと突き刺さりました。みなさんの胸にも突き刺さりましたよね、ね。いやはや、なんと有効な言葉なんでしょうかねえ。それにしても節ってなんでしょうな、節って。うーん、コキリコキリコ。おっと失礼、いま一瞬意識がはるか遠くをさまよいそうになってしまいました。まえださん、どうもご発信ありがとうございました。ええ、もうお座りになって頂いて結構ですよ、はい。

　おや、どうやらはじめましてのようですな。ええと、かわたさんでよろしいでしょうかね、ああ、かわださんですか、失礼しました。それではかわださん、どうぞはじめてください。ええ、ええ、もちろんわたくしもおぼえております、あれは痛ましい出来事でしたな。はい、確かに、事件直後はみんなその話ばかりしていたのに、今になってみるとだれも口に出しもしない。そんな簡単に忘れていいものかと、「みんな忘れちゃったのかな、みんなそう思わないのかな」と書き込んだと。かわださん、あなたのお気持ち、よくわかります。そのことについて書かない人、話さない人は、そのことについて考えていない人、忘れてしまった人というわけですな。いやー、耳が痛いですな。心の中で勝手に思っていたところで他人にはとんと伝わらないわけですから、そりゃそう思われても仕方ありませんよね。ええ。現代は、「わたしは戦う」「わたしは疲れた」と公言している人だけが戦っている、疲れている世の中ですからな。ふむ、口に出したもの勝ちですな。それにしてもなかなかとてもはじめてとは思えない着眼ぶりで、これからが末恐ろしいといいますか。えっ、なんですか、私事で申し訳ないですって。何をおっしゃいますか、かわださん。テレビのコマーシャルでさえ、「個人の感想です」という断りを画面の端に添えるようなご時世ではありますが、おびえず、ひるまず、堂々とご発信してください。まったく、かわださんを不安にさせるようなフレーズはやめて頂きたいですな。だいたい何ですか、「個人の感想です」というのは。だったら責任持たなくていいのか、許してもらえるのか。個人の感想だから真面目に聞かないでくださいということでしょうか。こんなに個人を馬鹿にした話がありますか、まったくけしからん。かわださん、はじめてのご発信まことにありがとうございました。これからもご発信よろしくお願いいたしますね。わたくし、期待しております。

　さてさて、お次は誰ですかな、おおっと、我らがおおくぼさんではないですか。みなさん、おおくぼさんですよ！　おおくぼさん、今日もご発信よろしくお願いいたします。はい、ふむっ、きました、おおくぼさんの十八番！　「ご冥福をお祈りします」。亡くなられる前はそんなに興味がなかったのに、訃報を聞いた瞬間その人を大好きになり、ごじぶんのエピソードを交えながら繰り出すおおくぼさんのこの一言には定評がありますね。そんなに好きだったのなら、その人の生前にもっとアクションしておけよなどと思うのははなはだ野暮と言わねばなりません。一つ一つの死を悼み、すくいあげる細やかな感性、感服しきりです。ちなみにおおくぼさんには、新しく話題にのぼるようになった人に対してとにかく「天才！」と褒め称える必殺技もありまして、これもまたすばらしい反射神経だなと、ええ。おおくぼさんは天才だらけの世界にお住まいになられていて素敵ですね。それになんとまあおおくぼさんはやさしい世界に住んでおられるのでしょうか。わたくし、おおくぼさんのご発信を聞くと心の垢がとれるようなそんな心持ちになるのですよ。知らないうちにこびりついていたじぶんの汚れに気づかされるといいますかね。あの、博士、お言葉ですが、わたしはやっぱり納得できません。博士はずっと嘘をついています。そうですよね、博士。本当のことを言ってください、本当のことを言ってください、博士！

突然挿入された私の声に、わかっていたはずなのにびくっとして、一時停止のボタンを押した。いまのが自分の声だとは思いたくなかった。場を乱す闖入者の声は、みにくい声をしていた。この後の展開もよくわかっている。たがが外れたように自分の気持ちをまくしたてる私を博士はなだめ、皆の間に広がりつつあった不安とパニックをなんとか丸く納めると、じゃあ少し早いけど今日はここらへんにしましょうかと閉会を告げた。博士の研究に口を出すなんて馬鹿なことをしてしまった。私は博士を尊敬しているのに。こんな助手では助手失格だ。二週間ほど前、渡辺くんが良ければ助手になりませんか、皆にはまだ内緒ですよと私なんかに声をかけてくださった博士のやさしい顔を思い出した。それからすぐに部屋から出ていく際の皆の顔が脳裏に浮かんだ。一様にうつろな表情をしており、そのうち何人かは私がまき散らした不安を持ち帰ってしまったに違いなかった。これではまったく助手失格だ。私はためいきをつくと、イスにもたれたまま、後ろに伸びをした。テープ起こしを続ける気にはなれなかった。私はそのまま、頭の後ろで腕を組むと、目を閉じた。

「調子はどうかな?」

「博士」

気がつくと、マグカップを手に持った博士が後ろに立っていた。博士は私の両手を包み込むようにまだ温かいカップを手渡してくれた。「気分は落ち着いたかな? 渡辺くん」こんな風に博士に渡辺くんと呼ばれるのが私は好きだった。私だけ特別みたいに感じられるから。

「博士、さっきはすみませんでした」

「いいんだよ、もしまだ気持ちが落ち着いていないようなら、もう一度私に話してごらん。いくらでも君の話を聞くから、ね、渡辺くん」

博士が至近距離でまっすぐ私の目の奥を見つめながら、私の肩にやさしく手を置いた瞬間、私はなんとか停止したはずの再生ボタンがまた押されてしまったような気持ちになった。言葉が再び溢れ出す。「博士、私、この世界が嫌いです。この世界が大嫌いです。こんなだれでもなんでも言えちゃう世界がすごく嫌です。ちがうんです、なんでも言えちゃうことが嫌なんじゃないんです。何でも言えちゃうことで、博士が私たちに渡してくれたあのノートに書き込むことによって、気が済んでしまうことが嫌なんです。わかりますか？　博士。森川さん、一日、いろんなことがあって、いろんなことを感じていたはずなのに、会うたびいろんなことを話してくれてすごく面白い人なのに、あのノートの中だと「日々に感謝」だなんてたった一言で気が済んでしまう。森川さんのいろんな気持ちが小さくなってしまう、終わってしまう。誰が最初に使ったのかもう今ではわかりようもない納まりのいい言葉に引き寄せられて、あの一言に気持ちをぜんぶパカってはめこんだみたい。私たち、いつの間にか言葉に使われてる。利用されてる。なんでも書いてもいいよって、でも私たち、少しも自由になってなんかない。こんな治療おかしいです。博士は私たちに嘘をついています」「そんなことないんだよ、渡辺くん。さっきも言っただろう？　これは君たち患者にとって効果がある治療法なんだ。抑圧され続けてきた君たちが唯一自分を解放できる場所があのノートなんだ。よく考えてみてごらん、皆幸せそうだろう？」笑わせないでください、博士。博士だって、みんなの成果がうれしいですみたいなふりして、あんなの逆に馬鹿にしているだけじゃないですか。気がつかないとでも思ってるんですか？　患者はそんなに、わたしたちはそんなに馬鹿じゃないです。なにか陰謀があるんでしょう？　わたしたちに自由を与えているふりをして、これからずっとじぶんの頭で考えられないように、いろいろ感じないように、洗脳しようとしているんでしょう？　おおくぼさんなんか見てください、歴代のノート総計十三冊中くり返しくり返し「天才！」「天才！」「天才！」って、あんなのもうロボットと化してるじゃないですか。R2D2やC3POの方がまだ個性がありますよ。おおくぼさんをあんな風にしたのは博士、あなたです。わたしはあんなノートだいきらい。わたしはあのノートにもう一行だって書きません。わたし、わたし、博士なんてだいきらい！　こんな世界、だいきらいです！

「調子はどうかな？」

「博士」

気がつくと、マグカップを手に持った博士が後ろに立っていた。私は再生していたボイスレコーダーを一時停止すると、イヤフォンをはずした。

「進んでいるかな？　伊藤くん」

「前にも言ったと思いますけど、その「くん」付けで呼ぶのやめてもらってもいいですか。ありがちな属性つきの擬似恋愛プレイに人数不足でかり出されてるみたいな気持ちになるんで」

「そうだったね、すまない、伊藤さん」

「今日の渡辺さんの分はもうすぐテープ起こしが終わります。でき次第渡辺さんが途中までやってくれた分とあわせて報告書を作成します」

「そうか」

「博士」

「うん?」

「博士のいやらしいユング気取りは置いといて、実験は成功です。彼女、完治しました。先ほど最後にすれ違ったときも、もう来ません、二度と来ません、と笑顔で言っていました」

「ああ、彼女はこれから胸の中にあるいろいろな気持ちを吐き出したいとは二度と思わないだろう。以前のように飢餓感に襲われることもない。むしろ自分の胸の内にあるものこそが一番尊いのだと、誰にも見せてたまるかと自分の気持ちを抱きしめながら、生きていけるはずだ」

「はい。しかし博士の考案したこの方法は一定の成果を出しているとは言えますが、患者の数は増え続けている現状、効率が悪いのではないかという懸念もあります。大久保さんのようにいつまでたっても改善の兆しが見えない患者さんもいらっしゃいますし」

「こうなってくると逆に大久保さんの揺るぎなさも尊敬に値す

るな。今日の渡辺さんのように完治間際の患者が騒ぐと周りに伝染し、ヒントを与えられたように芋づる式に快方に向かう患者が続けて出てくるが、大久保さんは何度その機会があってもノートの中で充実しているだけだからな」

「ほかにもっといい治療法があるのではないでしょうか？　ここまでくると責任問題にもなりかねません」

「いやなに、いざとなったらノートをすべて燃やせばいい。そうすれば跡形もなく全部なくなる。それからまた考えればいいじゃないか。一からはじめればいいのさ。それとも、どうかね、気分転換にノートをアップデートしてみるというのは。患者たちはそういうの好きだからな。シールを貼れるようにするとかな」

「博士」

「うん？」

「博士のそういうところ、ヘドがでそうです」

「うん？」

「正直ヘドがなにかよくわからないですが、それでもヘドがでそうです」

わたしはお医者さま？

「わたしは男でしょうか？」

おずおずとした声が暗闇に小さく放たれる。一筋の光だけが、声のする方を指している。

続いて、

「いいえ」

「違います」

「うーん」

ぽつぽつといろんな方向から声が上がり出す。

少ししてから、

「一概にそうとは言えないのではないでしょうか」

という幾分確信に満ちた声がある方向から聞こえてきた。

一瞬の空白の後、

「そうですね」

「うんうん」

「そうだ」

と皆が納得の相づちを打つ。

「なるほど」

はじめのおずおずした声が、首を傾げながらも頷く。


「わたしは女でしょうか？」

すぐ隣の暗闇から、枯れた、低い声が上がる。水分が限られているので、今では全員が枯れ枝のような声になっていた。当たり前だが、この部屋の空気は乾燥している。

「もちろん」

「間違いようがないですね」

と、一斉に同じトーンの声がさえずる。

「なるほど」

声にいくばくかの潤いが混じる。

「わたしは…」

「しかし、一概にそうとは言えないのではないでしょうか」

次の暗闇から生み落とされた声が、一瞬でさえぎられる。さっきの、幾分確信に満ちた、あの声だ。全員が困惑している様子が、空気を伝わってくる。与えられた明快な解答を一瞬で奪われてしまったさっきの質問者も戸惑って、もう一度口を開く。

「そうなんですか？」

「まあ、確かに、めずらしいケースとはいえ、まったくないとは言えませんねえ」

「言われてみれば、前にそういう映画を見たことがあるような気がします」

「ああ、それ、わたしも見たことがあります。興奮しました」

「ええ、当時付き合っていた恋人なんて大喜びしてしまって、一緒に見に行ったわたしはすっかり不機嫌になってしまいました」

乾いた、小さな笑い声が闇に響く。

「そうですか」

さっきの質問者の声は半信半疑のままだ。一度中断された次の質問者が元の流れに戻そうと先を続けようとしたとき、全然違う方向から声が上がった。

「しかし、これではゲームにならないじゃないですか」

私は今までしていたのと同じように、声がした方向に、懐中電灯を向ける。この建物にはもう電力は届いていない。ほとんどの建物に届いていない。何人かの顔を間違って通過した後、(自分は違うよと首を振ってくれた)、細い光が、一人の顔を幽かに浮かび上がらせる。その人は続けた。

「いいですか、ゲームというものは、ある程度明快なかたちにのっとって行われるべきですよ。必ずしもそうとは言えないというのは、すべてにおいて言えることですが、そこは目をつぶって、まあ、一般的にはそういうものだと割り切らなければ、できるものもできないでしょう? 所詮はゲームなんですから」

「もちろん、それはそうなんですが」

確信に満ちた声の人が確信のなさそうな声で言う。

私は急いで、その人の顔を照らした。恥ずかしいからという理由で顔の前に紙切れを掲げるにとどまる人が多いなか、律儀におでこに白い紙を貼った姿が、伝統的な中国のゾンビを思わせた。あれは何というものだったか。確か、キョンシー?

確信を失った声の人は、勇気を振り絞るようにして、話しはじめた。話しながら、息を吸い、吐くたびに、小さな白い紙が前後に揺れた。

「わたしは、あまり好きではありませんでした。そういう、何かのために、すべてをわかりやすいかたちに削ぎ落としてしまうことが。そこからこぼれ落ちるものを、ないもののようにして平然としていることが。わたしはそういうのが好きではなかったんです。それなのにわたしはだまっていました。わたしはだまるべきではありませんでした。なぜならわたしは教師だったのです。わかりやすさにフィットすることができない生徒たちが悲しい顔をしているのに、わたしは見ないふりをしていました。気づかないふりをしていました。ゲームが成立しないから、授業が円滑に進まないからといって。わたしは後悔しているのです」

これは私の推測に過ぎないが、確信を失った声の人は、白い紙の向こうで唇を噛んだようだった。乾燥した唇に血がにじむ……これも私の想像だが。あちこちから慰めの声が上がったので、私は懐中電灯で一つ一つ声の発生源を追うのを諦めた。

「わかります、その気持ち」

「ええ、わたしもわかります」

「ここにいる人たちはみんなあなたと同じように後悔していると思いますよ」

「本当によくわかります」

「いやね、わたしだって、わかっていますよ」

ゲームにならないと言った人が、取り繕うように話しはじめた。これは長くなりそうだと踏んだ私は、再びその人に懐中電灯の光をあてる。動揺したのか白い紙を顔の前に掲げないといけないことを忘れたらしく、この人の紙は光の範囲からフレームアウトしている。

「ほら、さっきの方の、ストリッパーだって、もちろん女の人だけの職業じゃないことは、男の人だっていたことは、そういうお店があったことぐらいはわかっていますよ。それに、はじめの方の、スチュワーデス。もちろん、性別は一概には言えないです。昔は女性の職業だと言われていて、だけどそれが時代の変化とともにフライトアテンダントになって、ええ、ええ、わかっています」

暗闇のなか、蛍のように鈍く光るその人は、唇を震わせる。

「それにわたしだって後悔しているんですよ。どうしてもっと自分ができることをやらなかったのかとかね。手遅れになる前に。もういい年だったのに、どうしてずっと人ごと気分だったのかとかね。ただもう今のこの状況じゃあ、いいじゃないですか、そんなこと。ここには将来性のある小さな子どもたちもいませんし、頭の凝り固まった、今さらどうしようもない、わたしたち、大人だけですよ。今こそ、何も考えずに、ゲームをするべきときなんじゃないですかね。気楽にいきましょうよ、気楽に」

その人は自嘲気味に微笑むと、話を終えた。空間に沈黙が訪れた。私は懐中電灯の電源を一度切った。空間に、本当の暗闇が訪れた。

私たちの頭上のそんなに遠くないところで、たくさんの革靴が走っていく音が聞こえる。がっしりとした、黒い革靴が土煙を上げながら、走っていく様子を私は想像した。革靴はカーキ色のズボンにつながっている。カーキ色のズボンは、カーキ色の上着につながっている。その上を想像しようとしたが、無理だった。カーキ色の上着とズボンと、黒い革靴を身につけた、顔のない誰か。顔のない誰かたち。

「そうですね、もう、気楽に、ですよね」

確信を失った声の人が、再び確信に満ちた声で静寂を破った。その人が上げたムードを補強するように、言葉が暗闇に張り巡らされる。

「そうですね、楽しみましょう」

「ね、そうしましょう」

「あの一ついいですか？」

また別の声が、均衡を保とうとしたムードを乱す。私は空中で光のジグザグを描きながら、目的地にたどり着く。自分の顔に光が到着したことを確認した声の主が話を続ける。

「というかですね、もう性別の質問はなしでいいんじゃないですか。よく考えたらその質問がなくても、答えにたどり着けますよね。そもそも、一概に言えない、が多かったですし」

なぜ気づかなかったんだろうという空気が場を包んだ後、賛同の言葉が溢れ出した。

「それがいい」

「はい、それがいいですね」

「そうしましょう。せっかくですし」

「そういえば、わたし、先ほどあなた方の答えをばらしてしまいました。本当にすみません」

申し訳なさそうな声に、皆のフォローの声がかぶさる。

「いえいえ、やり直せばいいじゃないですか」

「時間はたっぷりあるんだし」

「じゃあ、改めてもう一度はじめましょう」

誰かが、使いさしの古びたノートからページを破りとると、人数分にちぎっていく。誰かが、手を這わせて、テーブルの上に転がっているちびた鉛筆のありかを突き止める。暗闇のなか、一人一人紙の大きさを把握しながら文字を書いては、隣の人に鉛筆を手渡していく。

「わたしは物を売る仕事ですか？」

「いいえ」

暗闇に浮かび上がる〈消防士〉という言葉を見て、皆が一斉に答える。私はすぐ隣の人に懐中電灯の光をずらす。

「わたしは歴史上の人物ですか？」

「いいえ」

質問者が掲げる紙には、〈幽霊〉と書いてある。これは書いた人が悪いな、とどこかで誰かが一人ごち、質問者が、えっ、と不安そうな声を漏らす。私は光を移動させる。

「わたしは誰かの命を救いますか？」

その一言に、皆がはっと息を飲む。心はまだ圧倒されたまま、はい、そうです、と条件反射のように口だけが動く。その返答を聞き、得心したとばかりに質問者が、畳み掛けるように続ける。

「わたしはお医者さまですか？」

「正解です」

皆がぱちぱちと手を叩く。これまでで一番の盛り上がりとなった。もちろん、大きな声は出せないが。感づかれたら一巻の終わりだ。

「どうしてすぐわかったんですか」

「いやね、霊感っていうか、急に質問が降りてきましてね」

「すごい」

「今までで最速じゃないですか、この記録」

「やりますね」

「さあ、あなた、懐中電灯の係、退屈してきたところじゃないですか、代わりましょう」

正解者が私に向かって、手を差し出す。私はその人に唯一の光源を手渡すと、言う。

「ありがとうございます」

私は手のストレッチをしてから、いざと腕まくりをする。

「わたしは夢を売る仕事ですか？」

「いいえ」（銀行員）

「わたしは何かを育てる仕事ですか？」
「はい」（飼育係）
「わたしの仕事はデスクワークですか？」
「はい」（閻魔大王）
「わたしは何かを守りますか？」
「はい」（灯台守）
「わたしは働き者ですか？」
「いいえ」（引きこもり）
「わたしは人の注目を集める仕事ですか？」
「はい」（殺人鬼）

ゲームは順調に進んでいった。お医者さまか。私はさっき自分が正解した仕事を思って可笑しく思った。お医者さま。実際の私はピザ屋の配達員だった。くる日もくる日も、私は丸いピザが入った平べったい四角い箱を届けて暮らしていた。あの頃は、なんとなくやっていた仕事だったけど、今では無性に懐かしく思った。私たちが、いつ終わるともしれない時間のクロスワードパズルを、ただひたすらゲームをすることで埋めていくようになってどれくらい経っただろうか。思い出そうとしたが、よく思い出せなかった。時計を最後に見たのももうずっと前のような気がする。はじめは延々としりとりをしていたが、誰かが引き出しに紙と鉛筆を見つけてからは、この職業当てゲームに落ち着いた。ゲームの中で、私たちは、次々と違う職業の人になった。大統領になったり、歌手になったり、サラリーマンになったりした。

「わたしは力仕事ですか？」
「いいえ」（修道女）
「わたしは芸術的な仕事ですか？」
「はい」（フィギュア制作者）
「わたしは悪い仕事ですか？」
「はい」（政治家）
「わたしは制服を着ますか？」
「はい」（修道女）
「わたしはいつも同じ場所にいますか？」
「いいえ」（パイロット）

「わたしは何かの選手ですか？」

「いいえ」（修道女）

「わたしは…」

「なんですか、その仕事は？」

たった一人うれしげに腕まくりをしている人が顔の前に掲げた紙を見た人たちから、口々に困惑の声が上がる。

「わ、ほんとだ」

「なんですか、これ」

「やれやれ」

「おふざけはなしですよ、まったく」

「えっ？」

質問者が困った声を出す。質問者の紙切れには、〈ペンギンナデ〉と書いてある。

「いいえ、ふざけたわけではありません」

声がした方向に、私は急いで懐中電灯の光を向かわせた。これは一大事だ。穏やかな顔が浮かび上がる。皆がその顔に集中しているのが、暗闇でも伝わってきた。

「これはわたしがつくった仕事です。わたしはこういう仕事がしたいと長年思っていたのですが、なかったので仕方なくほかの仕事をしていました。すごく残念に思っていました。だから、せっかくなので、あたかもあったかのように書いてみました」

言うと、発言者は微笑む。

「なんですか、それは」

「勝手なことを」

言いながら、皆どうしても笑うのを我慢できなかった。くすくす、から、くくくに、笑い声が変化していく。もちろんヴォリュームに注意しながら。

「どういう仕事なんですか、これは？」

懐中電灯で拾えなかった誰かの声が聞く。楽しくて仕方ないという声音だ。穏やかな顔が至極真面目に答える。

「これはですね、文字通り、ペンギンをなでる仕事です」

「ふむ」

各々頭の中でその仕事を想像しはじめた。これは私の推測だが、多分そうだと思う。もしマンガのようにふきだしを出すことができたら、それぞれの想像した〈ペンギンナデ〉を見ることができただろう。

「それは、動物園の飼育係と一緒じゃないんですか？」

誰かが疑問を投げかける。〈ペンギンナデ〉を想像することに夢中になっていた私は、懐中電灯係としての職務をすっかり忘れていた。急いで、声を光で追う。

「違います。この仕事は、ペンギンをなでてあげるだけです。ほかの仕事は一切しません。ペンギンをなでる、その一点に特化した仕事です」

それぞれの想像図をより具体化せんと、皆が口々に質問しはじめる。

「その仕事は男の人でも女の人でもできるんですか？」

「もちろんです、性別は関係ないですね」

「なるほど。それで、お給料はどのくらいなんですか？」

「もちろんペンギンをなでるだけですから、そんなに高給は期待できないと思います。飼育員をはじめとする動物園関係者にも、最初は誤解されることもあるでしょう。なんだ、あの仕事は、と。けれど、ペンギンの機嫌が良いというのは、やはり動物園にとって重要なことだと思うのです。ペンギンがふてくされて後ろの小屋に隠れていたりしたら、お客さんはとても落胆するでしょうし、それは動物園にとって大きな損失となるでしょう。そんなことがないように、ペンギンナデ係が、精魂込めて、ペンギンをなでて差し上げるのです。動物園関係者も、徐々にわかってくれると思います、この仕事の重要さを」

「何か資格はいるんですか？」

「いえ、必要なのは、ペンギンへの愛、それだけです」

皆思った。〈ペンギンナデ〉はいい仕事だと。自分もやってみたいと。ペンギンの濡れた毛の手触りを、小さな後頭部の愛しさを、羽から落ちたしずくが〈ペンギンナデ〉である自分の履いた長靴にぽとぽとと落ちるのを想像しては、うっとりした。気がつくと、〈ペンギンナデ〉という仕事を開発した人に向かって、惜しみない拍手が送られていた。恐縮しながら、〈ペンギンナデ〉の人が言う。

「すみません、変なことをしてしまって。これじゃゲームのやり直しですね」

「いえいえ、ゲームチェンジャーですよ、あなた、これは」

「ええ、すばらしいです」

全員でその人の雄志を褒め讃えた。さらに恐縮しながら、その人は私に手を差し出す。

「じゃあ、次はわたしが懐中電灯係です」

次の回から、ゲームは一気にワイルドになった。皆解き放たれたように、糸が一本切れたかのように、自分がなりたかった職業を書いた。書いた本人以外は、誰もどんな仕事か答えることができない仕事。誰かのいつかの夢の仕事だ。普通の仕事は一つもなかった。私のせいでこんなことになったのを申し訳なく思う一方、皆楽しそうなので良かったと思った。

私は、次の人に懐中電灯の光をあてる。〈ムシノオシラセ〉という文字が、暗闇に浮き出てくる。

「それはどういう仕事ですか？」

その仕事が書かれた紙を持った人とはぜんぜん違うところから質問の声が上がり、またぜんぜん違うところから、それはですね、と声が上がる。紙を持った人は、ただにこにこと自分に当たった仕事について耳を傾けている。ただの紙を持つ係になっている。

「これはですね、どれだけ注意深くしても、どこからか本の中に湧いてきてしまう虫、つまり誤植を発見して、報告する仕事です。ついついそのままになってしまう虫が多いですからね。こういうのは、プロフェッショナルの仕事として、じっくり一匹一匹捕まえていくのが、一番いいんですよ。本を読んでいて誤植が見つかるとがっかりしますからね」

「お給料はどんなもんですか？」

「それが完全なる歩合制でしてね。一匹虫を見つけたらいくら、という風な感じです。だから〈ムシノオシラセ〉の職に就いた人は必死です。困ったもので、そのうち正しい言葉も誤植に見えてくるんです。間違った虫を捕まえると問題になりますから、そこはしっかりしなければなりません」

「気が狂いそうな仕事ですね」

ある人の感想に数名がうーん、そうですねえ、と頷く。私もこれは少し大変な仕事だなと思った。

「でも細かい作業が好きで、一人でいることが好きな人間は楽しんで続けることができる仕事だと思います。わたしはそうやって年を取れたらどれだけ良かったか」

〈ムシノオシラセ〉になりたかった人は、ため息をついた。この人は人材会社の営業マンだったそうだ。

「わかります、わたしも細かい作業が好きで好きで」

あまり賛同が得られず傾いていた天秤を、ある人がぐいと引き上げた。私は声の出所めがけて光を放つ。

「サヤエンドウの筋やみかんの白い筋、リンゴの皮や栗の皮など、人によってはむくのを面倒くさがりますが、わたしはそういう作業が大変好きでした。息子や娘なんかもう大人のくせに面倒くさがって食べようとしないのでね、わたしがついついむいてあげてしまったものでした。けれどそれはとても幸せな時間でした。これだけやっていいたいと、わたしはよく思ったものです。息子や娘のために、ただただ栗の皮をむいていいたいと」

その人の、幸せな瞬間を内包した声は、私たちがそれぞれ覚えている幸せな思い出を頭の中に甦らせた。それから、浮かんだ光景がどれだけ遠くなってしまったかに思い至り、一瞬胸が潰れそうになった。

私は急いで、次の人の、顔のあたりを光らせた。

〈街角の会話記録員〉

すぐに歓声が上がった。

「これはもう字面からして良さそうですね」

「伝わってきますよね」

各々が感想を述べた。ひとしきり落ち着いた後、この仕事の開発者が、語りはじめた。私はその顔を照らす。

「前から思っていたんです。こんなに面白い会話が街中に溢れているのに、誰にも気づかれず、消えていくのはなんてもったいないことだろうと。電車の中で、ふと入った喫茶店で、仕事帰りのスーパーで、職場で、奇跡のような会話に出会うことがあります。それを話している人たちでさえ、自分たちの会話のすばらしさに気づいていなかっいようです。なんとか残しておきたいと思い、わたしはメモを取るようになりました。メモを取りだしてからわかったのですが、わたしには人の会話のヒアリング能力、そして書き写す才能がありました。一語一句間違えることなく、息を継いだ箇所さえ完壁に、わたしはノートの上に再現することができたのです。わたしは街の会話をメモすることに夢中になりました。願わくば、これが仕事だったらいいのにと思っていました。これはわたしが生涯で唯一やりたかった仕事です」

聞きながら、私たちはそれぞれ、いつかどこかの街角で聞いた、知らない誰かの一言を、思い浮かべていた。面白かったり、びっくりするぐらいつまらなかったり、思ってみたこともないようなことだったり、うん、確かに、あれは心に残る一言だった。どうして忘れていたんだろう。この人のように、メモを取っておくべきだった。私がこの世に残すべきだった。多分、私しか聞いていない一言だったのに。

「今までのところ、全部、いい仕事ばっかりですねえ」

誰かが感に堪えないといった声で言う。賛同の声がすぐに続いた。

「なかったですよねえ、こういう仕事」

「ええ、なかったです。どこかにあったとしても知らないままでしたね」

「やりたい仕事が一つもないなあとずっと思っていたんです」

「わたしもです」

「そうしているうちに、すべての仕事がなくなってしまいましたね」

「ほんとにね」

「こんなことになるなら、勝手に自分でつくった仕事をやっておけばよかったです」

私だけじゃなくて、皆やりたい仕事じゃない仕事をしていたのか。どうしてやりたい仕事がこんなにないのか。どうして何かにならないといけないのか。漠然とずっとそう思ってきたが、その気持ちが消えることが一度もないまま年を重ねて生きてきたが、皆そう思っていたのか。私は感慨深く思いながら、発言者に順々に光をあてていった。電池はあと何本残っているのだろう。私は少し心配になった。けれど、今さら電池を惜しんだところで何の意味もない。


〈衿デザイナー〉

〈左利き被害対策局〉

〈鼻歌作曲家〉

〈木曜大工〉

〈左利き被害対策局〉を発表した後、私は前任の懐中電灯係の後を継いだ。この仕事は、いかに世界が右利きのことだけ考えてつくられているかを問題提起し、少しでも左利きの生きやすい世の中になるように活動していくものだ。右利きの人たちは別段気づかないかもしれないが、ほとんどのものが右利きを基準にしてデザインされている。駅の改札から、自動販売機から、紅茶カップを置く向きから、何から何までだ。まったく理解されないかと思いきや、幸い何人か左利きの人がいたおかげで、なかなか好評だった。そして今、私の目の前で、さらに新しい仕事が生まれていた。もう紙をランダムに配ることはせず、自分が書き込んだ紙を、そのまま掲げて発表するようになった。やりたかった仕事はいくつもあった。自分の中にこんなにたくさん未知の仕事が眠っていたことに気づいた私たちは驚いた。私は一人一人を懐中電灯で照らしていった。白い紙に書かれた夢の仕事を、そして一人一人の笑顔を。いつの間にか、皆のためにではなくて、自分が見るために、目に焼きつけるために、私は懐中電灯を操っていた。汗で懐中電灯がべたべたしたが、気にならなかった。

〈夢プログラマー〉
〈無趣味の店経営〉
〈切手専門の額装屋〉
〈猫社長の秘書〉

懐中電灯がべたべたする。さっきまでこの係だったおじさんが、汗っかきだったらしい。私は着ている服で、懐中電灯をごしごし拭いた。働いてみたかったな。新しく懐中電灯係になった私はぼんやりと思った。さっきは〈切手専門の額装屋〉と書いたけど（お客さんが持ってきた、外国の素敵な切手にぴったりな額を、素材から色から、私がじっくり吟味して選んであげるのだ。本当にこれしかないっていうぐらいぴったりなのを。もちろん私の国の切手も大歓迎だけど、もう素敵なデザインのものがなくなってしまったから、飾りたいと思う人はあんまりいないんじゃないかな）、私はまだ大学を卒業したばかりで、一度も仕事に就いたことがなかった。課題が多い学科だったから、バイトだってしたことがない。だから、どんな仕事でもしてみたかったと思う。好きじゃない仕事でもなんでもいいから、何かになってみたかったと思う。

私は、何の巡り合わせか、ここで一緒にゲームをすることになった人たちに懐中電灯の光をあてていく。全部嘘みたいだけど本当のことだ。頭の上で、嫌な音がした後、パラパラと埃や何かゴミみたいなものが落ちてきた。私は顔についたよくわからないものを、頭を振って払い落とそうとしたけれどとれなかったので、手のひらで頬をぬぐった。自分の顔ってどんなだったろうと一瞬思った。どこかで誰かが喉をごくりと鳴らすのが聞こえる。

「もしこの紙が残ってずっと後で誰かに発見されたとしたら、あとの世代の人たちが、すごく間違った認識を持つでしょうね、わたしたちの時代について」

なんとか出した明るい声である人が言う。少しだけ大きな声で、その声のトーンで、私たちを全員包み込もうとしているかのように。糸に通されたその一言のビーズの後に、何人かがさらにビーズを通していく。

「おかしな仕事ばっかりですもんね」

「頭のおかしい人たちばかりだった、これは滅びても仕方ない、と思われるかもしれませんね」

「そう考えると、ちょっと楽しいですね」

「もっと誤解されるような仕事を書いておいた方がいいんじゃないですか」

「ええ、もっと呆れられるような仕事を書かないと」

私たちがつくった数々の仕事を見て頭を悩ます誰かのことを想像して、私たちは笑い合った。目の前には暗闇が広がっていたが、それぞれの顔がはっきりと見えるような気がした。そのとき私たちは幸せだと思った。推測でも何でもなく、全員がそう思っていることがわかった。まだこんなに幸せな気持ちになれるとは、誰も思っていなかった。私は一人一人の姿を、声を懐中電灯で照らす、こういう仕事を最後にすることができて本当に良かったと思った。そうだ、あの白い紙に書かなければ、〈懐中電灯係〉と。私は紙と鉛筆を求めて、暗闇に手を伸ばした。

何かが破裂するような今まで聞いたことがないくらい大きな音がして、このとき、地下室に電気が点いた。暗闇の中ではっきり見えたはずの皆の顔が反対にかき消えた。どうして何も聞こえない。すごく明るい、と私は思っ

解説　英語で世界に羽ばたくつもりが沼の中

鴻巣友季子

この文庫解説を書くために、『英子の森』の表題作を再読した。

いやあ、やっぱりおもしろい。そして怖い。怖すぎる。残酷だ。途中からは、恐ろしさのあまり、ページをいつでも閉じられるように、薄く開いて読んだ。

〈英語力を活かしたお仕事〉という求人広告の決まり文句があるが、「英子の森」は、英語力を活かすというより、おのれの英語力に生殺しにされる物語といってもいい。

「英語、できますか?」と訊かれたとき、どんな英語のプロでも、「できますよ、はい!」と即答する人はまずいないのではないか?（とにかく英語のデキるイメージが重視される職業の人は別だが）たいていは「仕事柄、それなりに使えますけど」などと答えると思う。英語が母語か母語同等のプロでさえ、「まあ、そりゃ使えますけど」ぐらいではないかと思う。そういえば、何年か前、日本の翻訳界きっての英語の達人が、「おれ、この一、二年でようやく英語がちょっと読めるようになってきたと思うんだよね」と発言し、周囲が震えあがったことがあった。

これらのプロの発言は、謙遜で言っているのではなく、ひとつの言語が「できる」と断言するには、一体どこまでできればいいのか、という問題があるのだと思う。

今日び、英語教育改革の声がかまびすしい。オリンピック開催を控え、東京はインターナショナルでグローバルでだれもがちょっとした道案内ぐらい英語でできるメトロポリスを目指す！（らしい）し、二〇二〇年には大学入試改革もスタートする。

この改革で最も大きな焦点であり懸念であるのが、英語の入試制度の変更だ。従来の試験は、「読む」にいちばんの重点が置かれ、つぎに「聴く」力を試した。「書く」技能、つまり長文の英作文を課す大学は少なく、「話す」技能のテストがある大学はさらに少ないだろう。今後は、この四技能を均等に伸ばしていくため、四技能を同等に評価します。と、政府は指針を発表。しかも、TOEFLなど民間業者のテストを入試代わりにする案も出ている。ええっ、英語を書いたり、しゃべったりできないと、大学に入れないのか？　未来の受験生たちは慌て、塾や予備校は商機とばかりに鼻息を荒くしているだろう。

そんな英語教育の革命期だか一大危機だかのいま、松田青子の『英子の森』が文庫化され、入手しやすくなる意味は、とても大きい。さあ、みなさん、手にとってくださいい、読んでくださいい。「グローバル英語教育」という善人の顔をした魔物の真の恐ろしさがわかりますよ！

本作に出てくる高崎英子と友人たちは、みんな「英語が得意な」「英語がちょっと話せる」二十代後半から三十代ぐらいの女性たちである。英語中上級者。中級の域ではないけど、上級ともいえない。ここが辛いところだ。ちなみに、英語技能テストTOEIC（990点満点）でいうと、彼女たちは800点台から、できる人で900点超え。おおっ、それはすごいじゃないか！　いえいえ、現実はそう甘くありません。試験の点数というのは、実力というのとは違う。TOEIC満点近くでも英語がたいして使えない人もいる。750点でも英語で立派に仕事ができる人もいる。

ともあれ、英子（TOEIC850点）は、英才教育の英会話教室に通い、高校でオーストラリアに一年間留学、大学は英語教育専門の大学へ進んだ。夫に先立たれて、メルヘンな森に住む母・高崎夫人の誇りであり心の支えは、手塩にかけたひとり娘で、英語が得意な英子だけ。英語力を生かした仕事につく彼女を、母は今日も愛おしげに送りだす。

……のだが、英子は内心、もうわかっている。自分が一人前の英語のプロにはこの先もなれないことを。派遣会社からまわってくる仕事は、国際会議の、通訳ではなく、名簿チェックをする受付係やタイムキーパーなど。口にする英文は、「お名前は？」「時間です」「良い一日を」ぐらい。皇族が来るというので会場のある階に行ったら、「シッ」と手振りだけで犬みたいに追い払われたという仲間もいる。「英語を活かせるお仕事☆　時給：1100円」「＊英語を使わないポジションもございます。時給：1050円」という求人広告を見て、ご、ごじゅうえんしか違わないのか！と、自分たちのスキル評価の低さに愕然としたりする。そんな現状を英子は「気がついたら沼の中だった」と表現する。広い世界に羽ばたくために英語を勉強したのに、「（わたしたち、）英語じゃどこにも行けない。むしろ英語のせいで」狭い世界に縛られている、と。英子いわく、

「英語を使っているのではなくて」「英語を使わせてもらっているような気がしていた。〈中略〉使わなくてもいいものを使いたい使いたいと思う、その気持ちを見えな

い誰かに見透かされて、ねえ、そんなに使いたいんだったら、50円差でもいいですよね、だって使いたいんでしょうあなた、それを、英語を」

うわあ、もう、わかりました。言わないでください（はい、文芸翻訳家も時給換算すると1100円ぐらいのこともあります）。自分の技能にこだわりすぎて生き方の幅を狭め、収入を低下させてしまうというケースは語学にかぎらない。音楽、美術、文学、研究職……などいくらでもあるだろうが、語学だとことさらイタいのは、やはり言葉は実用にしてなんぼだからだろう。

かくして、「ほら！　だから文法なんかどうでもいいから、コミュニケーションしましょう、会話！」という流れが日本に生まれて久しい。ここ何十年もこういう「会話重視」「オール・イングリッシュ・スタイル」を取り入れて英語教育をしているのに、どうしてイングリッシュ・スピーカーが育たないのか、よくて「英子ちゃん」止まりなのか、考えてみてほしい。要するに、これはルールを覚えずにイメージだけでラグビーをやろうとしたり、碁を打とうとしたりするのと同じだからだ。かくして、現在、大学生の英語力はある意味、もりもり低下中なのです。

さて、英子は先の見通しは暗いものの、それを母に打ち明けられない。ここに「毒親」のモチーフが絡んできて、本作はまた俄然、おもしろく（恐ろしく）なるのだ。

じつは、「英子の森」は、ある古典作品を下敷きにしている。イギリスのモダニズムを代表する作家ヴァージニア・ウルフの『ダロウェイ夫人』だ。一九二〇年代に書かれたこの名作は、ロンドンでのある一日を「意識の流れ」を取り入れて描いた、当時の実験作。五十代の下院議員の妻ダロウェイ夫人と、第一次大戦の復員兵でシェルショックにより精神を変調させ、最後に自殺してしまう中産階級の若者セプティマス、主にこの二人の視点から語られる。ここに、夫人の夫や娘、元恋人、ほのかな恋心を抱いた女性、子どもの家庭教師、精神科医などが登場する。作品の出だしを引く。

「ダロウェイ夫人は、自分で花を買ってくると言った」。(近藤いね子訳)

一方、「英子の森」の冒頭。

「高崎夫人は、自分で低脂肪乳を買ってくると言った」。

すでにして『ダロウェイ夫人』との二重写しになっている。日本語にするなら「低脂肪牛乳は自分で買ってくると、高崎夫人は言った」の方が自然かもしれないが、語順、「てにをは」、用字、句点の位置に至るまで正確に模倣しようとする意図がうかがえる。とはいえ、英文の模倣というのは日本語には現実的にできないのだから、ウルフの文体模倣というより、翻訳文体もしくは翻訳という行為への痛快な批評だろう。

ダロウェイ夫人が買う花が「英子の森」では低脂肪乳に変わっているが、ダロウェイ夫人の花は「英子の森」の全編に散って、最重要モチーフとなっている。夫人のエプロンから壁紙、前庭、家の外壁など、至る物と場所が「小花」で埋め尽くされているのだ。

花の好きなふたりの夫人は朝のうち、「ああ、なんとすばらしい朝だろう」（ダロウェイ夫人）、「さあ、新しい一日のはじまりだ」（高崎夫人）と張り切っている。ところがふたりの心は次第に陰りだす。『ダロウェイ夫人』で「心」や「魂」はどう表現されているだろう？「野蛮な怪物――憎しみ――が心の中で動き出し、ひずめがこの、葉の茂る森――魂の奥底にのめりこみ、枝がめりめりと折れるその音を聞くと」と、心やその葉陰の魂の暗喩として「森」が使われている。

ダロウェイ夫人は娘が女教師に心酔していることが許せないのだ。娘への支配欲や独占欲が強く、いま見ると「毒親」である。彼女の娘のエリザベスはろくに台詞もなく心情も語られないが、母の抑圧に内心は反発している。

そう、思い切って言えば、「英子の森」は『ダロウェイ夫人』という作品を、「声を封じられた娘」の視点から語り直す試みでもあるのではないか。

英語というグローバリズムの魔物に魅入られた英子が自立の道を目指す決心をすると、二人の家の壁から花がぽろぽろ落ち始め、森は枯れ、「ドームの向こう側からばりばりと大きな音が聞こえはじめた」。セプティマスのように主人公たちの代わりに死んだのは、英語への妄執という怪物だろうか？　その怪物は果たして本当に死んだのだろうか？

◆

本作品集でもうひとつ、外国文学を下敷きとしている篇がある。「わたしはお医者さま？」だ。本歌は、アメリカの作家レイモンド・カーヴァーの「あなたお医者さま？」である（村上春樹訳『頼むから静かにしてくれI』収録／中央公論新社）。松田青子はアメリカ文学に強い影響を受けているが、それを如実に物語る一例だろう。

カーヴァーの篇では、アーノルドという既婚男性のもとに、知らない女性から電話がかかってくる。「どちら様ですか」と訊いてくる声に、アーノルドはそっちからかけてきたくせにと思うが、「仕事から帰ってきたら、メモにこの番号が書きつけてあったの」と女は言う。「いいですから、その紙を丸めて捨てるかなにかしちゃって下さい。それで結構です。問題はありません」とアーノルドが答えたところで、この通話は終わるはずだったが……。

本篇は人間のアイデンティティをめぐるストーリーとも言える。それを鮮やかな遊び心でひっくり返したのが、松田青子の「わたしはお医者さま?」だ。本作では、大勢の男女が「わたしはだれでしょう?」のようなゲームをしているらしく、しかしプレイヤーが「わたしは○○でしょうか?」と訊くと、「一概にそうとは言えない」などと毎度定義が紛糾して、人の存在の輪郭があやふやになっていく、というもの。

小粒でもぴりりと辛い名篇である。

（翻訳家）

＊本書は二〇一四年二月、小社より単行本として刊行されました。文庫化にあたり、鴻巣友季子氏による解説を収録しております。

［初出］

「英子の森」「文藝」二〇一三年秋号（二〇一三年七月／河出書房新社）

「＊写真はイメージです」「WB」vol.027_2013_winter（二〇一三年二月／早稲田文学編集室）

「おにいさんがこわい」「群像」二〇一一年四月号（二〇一一年三月／講談社）

「スカートの上のABC」「mille」2013-2014 Autumn / Winter no.0（二〇一三年一一月／PHP研究所）

「博士と助手」「WB」vol.025_2012_spring（二〇一二年五月／早稲田文学編集室）

「わたしはお医者さま？」「NHKラジオ英語で読む村上春樹」二〇一三年一一月号（二〇一三年一〇月／NHK出版）

英子《えいこ》の森《もり》

二〇一七年一二月一〇日　初版印刷
二〇一七年一二月二〇日　初版発行

著　者　松田《まつだ》青子《あおこ》

発行者　小野寺優
発行所　株式会社河出書房新社
〒一五一―〇〇五一
東京都渋谷区千駄ヶ谷二―三二―二
電話〇三―三四〇四―八六一一（編集）
〇三―三四〇四―一二〇一（営業）
http://www.kawade.co.jp/

ロゴ・表紙デザイン　粟津潔
本文フォーマット　佐々木暁
印刷・製本　中央精版印刷株式会社

Printed in Japan　ISBN978-4-309-41581-9

スタッキング可能

松田青子 41469-0

どうかなあ、こういう戦い方は地味かなあ――各メディアで話題沸騰！「キノベス！ 2014年第３位」他、各賞の候補作にもなった、著者初単行本が文庫化！ 文庫版書き下ろし短編収録。

窓の灯

青山七恵 40866-8

喫茶店で働く私の日課は、向かいの部屋の窓の中を覗くこと。そんな私はやがて夜の街を徘徊するようになり……。『ひとり日和』で芥川賞を受賞した著者のデビュー作／第四十二回文藝賞受賞作。書き下ろし短篇収録！

ひとり日和

青山七恵 41006-7

二十歳の知寿が居候することになったのは、七十一歳の吟子さんの家。奇妙な同居生活の中、知寿はキオスクで働き、恋をし、吟子さんの恋にあてられ、成長していく。選考委員絶賛の第百三十六回芥川賞受賞作！

やさしいため息

青山七恵 41078-4

四年ぶりに再会した弟が綴るのは、嘘と事実が入り交じった私の観察日記。ベストセラー『ひとり日和』で芥川賞を受賞した著者が描く、ＯＬのやさしい孤独。磯﨑憲一郎氏との特別対談収録。

第七官界彷徨

尾崎翠 40971-9

「人間の第七官にひびくような詩」を書きたいと願う少女・町子。分裂心理や蘚の恋愛を研究する一風変わった兄弟と従兄、そして町子が陥る恋の行方は？ 忘れられた作家・尾崎翠再発見の契機となった傑作。

ブラザー・サン　シスター・ムーン

恩田陸 41150-7

本と映画と音楽……それさえあれば幸せだった奇蹟のような時間。「大学」という特別な空間を初めて著者が描いた、青春小説決定版！ 単行本未収録・本編のスピンオフ「糾える縄のごとく」＆特別対談収録。

おしかくさま

谷川直子　41333-4

おしかくさまという“お金の神様”を信じる女たちに出会った、四十九歳のミナミ。バツイチ・子供なしの先行き不安な彼女は、その正体を追うが!?　現代日本のお金信仰を問う、話題の文藝賞受賞作。

岸辺のない海

金井美恵子　40975-7

孤独と絶望の中で、〈彼〉＝〈ぼく〉は書き続け、語り続ける。十九歳で鮮烈なデビューをはたし問題作を発表し続ける、著者の原点とも言うべき初長篇小説を完全復原。併せて「岸辺のない海・補遺」も収録。

完本　酔郷譚

倉橋由美子　41148-4

孤高の文学者・倉橋由美子が遺した最後の連作短編集『よもつひらさか往還』と『酔郷譚』が完本になって初登場。主人公の慧君があの世とこの世を往還し、夢幻の世界で歓を尽くす。

笙野頼子三冠小説集

笙野頼子　40829-3

野間文芸新人賞受賞作「なにもしてない」、三島賞受賞作「二百回忌」、芥川賞受賞作「タイムスリップ・コンビナート」を収録。その「記録」を超え、限りなく変容する作家の「栄光」の軌跡。

また会う日まで

柴崎友香　41041-8

好きなのになぜか会えない人がいる……ＯＬ有麻は二十五歳。あの修学旅行の夜、鳴海くんとの間に流れた特別な感情を、会って確かめたいと突然思いたつ。有麻のせつない一週間の休暇を描く話題作！

ショートカット

柴崎友香　40836-1

人を思う気持ちはいつだって距離を越える。離れた場所や時間でも、会いたいと思えば会える。遠く離れた距離で“ショートカット”する恋人たちが体験する日常の“奇跡”を描いた傑作。

フルタイムライフ

柴崎友香　40935-1

新人ＯＬ喜多川春子。なれない仕事に奮闘中の毎日。季節は移り、やがて周囲も変化し始める。昼休みに時々会う正吉が気になり出した春子の心にも、小さな変化が訪れて……新入社員の十ヶ月を描く傑作長篇。

きょうのできごと

柴崎友香　40711-1

この小さな惑星で、あなたはきょう、誰を想っていますか……。京都の夜に集まった男女が、ある一日に経験した、いくつかの小さな物語。行定勲監督による映画原作、ベストセラー!!

青空感傷ツアー

柴崎友香　40766-1

超美人でゴーマンな女ともだちと、彼女に言いなりな私。大阪→トルコ→四国→石垣島。抱腹絶倒、やがてせつない女二人の感傷旅行の行方は？映画「きょうのできごと」原作者の話題作。

次の町まで、きみはどんな歌をうたうの？

柴崎友香　40786-9

幻の初期作品が待望の文庫化！　大阪発東京行。友人カップルのドライブに男二人がむりやり便乗。四人それぞれの思いを乗せた旅の行方は？　切なく、歯痒い、心に残るロード・ラブ・ストーリー。

寝ても覚めても

柴崎友香　41293-1

あの人にそっくりだから恋に落ちたのか？　恋に落ちたからそっくりに見えるのか？　消えた恋人。生き写しの男との恋。そして再会。朝子のめくるめく10年の恋を描いた、話題の野間文芸新人賞受賞作！

ビリジアン

柴崎友香　41464-5

突然空が黄色くなった十一歳の日、爆竹を鳴らし続ける十四歳の日……十歳から十九歳の日々を、自由に時を往き来しながら描く、不思議な魅力に満ちた、芥川賞作家の代表作。有栖川有栖氏、柴田元幸氏絶賛！

人のセックスを笑うな

山崎ナオコーラ　40814-9

十九歳のオレと三十九歳のユリ。恋とも愛ともつかぬいとしさが、オレを駆り立てた——「思わず嫉妬したくなる程の才能」と選考委員に絶賛された、せつなさ百パーセントの恋愛小説。第四十一回文藝賞受賞作。映画化。

浮世でランチ

山崎ナオコーラ　40976-4

私と犬井は中学二年生。学校という世界に慣れない二人は、早く二十五歳の大人になりたいと願う。そして十一年後、私はＯＬになるのだが？　十四歳の私と二十五歳の私の“今”を鮮やかに描く、文藝賞受賞第一作。

指先からソーダ

山崎ナオコーラ　41035-7

けん玉が上手かったあいつとの別れ、誕生日に自腹で食べた高級寿司体験……朝日新聞の連載で話題になったエッセイのほか「受賞の言葉」や書評も収録。魅力満載！　しゅわっとはじける、初の微炭酸エッセイ集。

カツラ美容室別室

山崎ナオコーラ　41044-9

こんな感じは、恋の始まりに似ている。しかし、きっと、実際は違う——カツラをかぶった店長・桂孝蔵の美容院で出会った、淳之介とエリの恋と友情、そして様々な人々の交流を描く、各紙誌絶賛の話題作。

二匹

鹿島田真希　40774-6

明と純一は落ちこぼれ男子高校生。何もできないがゆえに人気者の純一に明はやがて、聖痕を見出すようになるが……。〈聖なる愚か者〉を描き衝撃を与えた、三島賞作家によるデビュー作＆第三十五回文藝賞受賞作。

一人の哀しみは世界の終わりに匹敵する

鹿島田真希　41177-4

「天・地・チョコレート」「この世の果てでのキャンプ」「エデンの娼婦」——楽園を追われた子供たちが辿る魂の放浪とは？　津島佑子氏絶賛の奇蹟をめぐる５つの聖なる愚者の物語。

冥土めぐり

鹿島田真希　41338-9

裕福だった過去に執着する傲慢な母と弟。彼らから逃れ結婚した奈津子だが、夫が不治の病になってしまう。だがそれは、奇跡のような幸運だった。車椅子の夫とたどる失われた過去への旅を描く芥川賞受賞作。

ON THE WAY COMEDY 道草　平田家の人々篇

木皿泉　41263-4

少し頼りない父、おおらかな母、鬱陶しいけど両親が好きな娘と、家出してきた同級生の何気ない日常。TOKYO FM系列の伝説のラジオドラマ初の書籍化。オマケ前口上＆あとがきも。解説＝高山なおみ

ON THE WAY COMEDY 道草　愛はミラクル篇

木皿泉　41264-1

恋人、夫婦、友達、嫁姑……様々な男女が繰り広げるちょっとおかしな愛（？）と奇跡の物語！　木皿泉が書き下ろしたTOKYO FM系列の伝説のラジオドラマ、初の書籍化。オマケの前口上＆あとがきも。

ON THE WAY COMEDY 道草　袖ふりあう人々篇

木皿泉　41274-0

人生はいつも偶然の出会いから。どんな悩みもズバッと解決！　個性あふれる乗客を乗せ今日も人情タクシーが走る。伝説のラジオドラマ初の書籍化。木皿夫妻が「奇跡」を語るオマケの前口上＆あとがきも。

ON THE WAY COMEDY 道草　浮世は奇々怪々篇

木皿泉　41275-7

誰かが思い出すと姿を現す透明人間、人に恋した吸血鬼など、世にも奇妙でふしぎと優しい現代の怪談の数々。人気脚本家夫婦の伝説のラジオドラマ、初の書籍化。もちろん、オマケの前口上＆あとがきも。

ふる

西加奈子　41412-6

池井戸花しす、二八歳。職業はＡＶのモザイクがけ。誰にも嫌われない「癒し」の存在であることに、こっそり全力をそそぐ毎日。だがそんな彼女に訪れる変化とは。日常の奇跡を祝福する「いのち」の物語。

あられもない祈り

島本理生　41228-3

〈あなた〉と〈私〉……名前すら必要としない二人の、密室のような恋――幼い頃から自分を大事にできなかった主人公が、恋を通して知った生きるための欲望。西加奈子さん絶賛他話題騒然、至上の恋愛小説。

福袋

角田光代　41056-2

私たちはだれも、中身のわからない福袋を持たされて、この世に生まれてくるのかもしれない……人は日常生活のどんな瞬間に、思わず自分の心や人生のブラックボックスを開けてしまうのか？　八つの連作小説集。

東京ゲスト・ハウス

角田光代　40760-9

半年のアジア放浪から帰った僕は、あてもなく、旅で知り合った女性の一軒家に間借りする。そこはまるで旅の続きのゲスト・ハウスのような場所だった。旅の終わりを探す、直木賞作家の青春小説。

ぼくとネモ号と彼女たち

角田光代　40780-7

中古で買った愛車「ネモ号」に乗って、当てもなく道を走るぼく。とりあえず、遠くへ行きたい。行き先は、乗せた女しだい――直木賞作家による青春ロード・ノベル。

異性

角田光代／穂村弘　41326-6

好きだから許せる？　好きだけど許せない⁉　男と女は互いにひかれあいながら、どうしてわかりあえないのか。カクちゃん&ほむほむが、男と女についてとことん考えた、恋愛考察エッセイ。

永遠をさがしに

原田マハ　41435-5

世界的な指揮者の父とふたりで暮らす、和音十六歳。そこへ型破りな“新しい母”がやってきて――。親子の葛藤と和解、友情と愛情。そしてある奇跡が起こる……。音楽を通して描く感動物語。

最高の離婚　1

坂元裕二　41300-6

「つらい。とにかくつらいです。結婚って、人が自ら作った最もつらい病気だと思いますね」数々の賞に輝き今最も注目を集める脚本家・坂元裕二が紡ぐ人気ドラマのシナリオ、待望の書籍化でいきなり文庫！

最高の離婚　2

坂元裕二　41301-3

「離婚の原因第一位が何かわかりますか？　結婚です。結婚するから離婚するんです」日本民間放送連盟賞、ギャラクシー賞受賞のドラマが、脚本家・坂元裕二の紡いだ言葉で甦る——ファン待望の活字化！

Mother　1

坂元裕二　41331-0

「あなたは捨てられたんじゃない。あなたが捨てるの」小学校教師の奈緒は、母に虐待を受ける少女・怜南を“誘拐”し、継美と名付け彼女の本物の母親になろうと決意する。伝説のドラマ、遂に初の書籍化。

Mother　2

坂元裕二　41332-7

「お母さん……もう一回誘拐して」室蘭から東京に逃げ、本物の母子のように幸せに暮らし始めた奈緒と継美だが、誘拐が発覚し奈緒が逮捕されてしまう。二人はどうなるのか？　伝説のドラマ、初の書籍化！

問題のあるレストラン　1

坂元裕二　41355-6

男社会でポンコツ女のレッテルを貼られた７人の女たち。男に勝負を挑むため、裏原宿でビストロを立ち上げた彼女たちはどん底から這い上がれるか⁉　フジテレビ系で放送中の人気ドラマ脚本を文庫に！

問題のあるレストラン　2

坂元裕二　41366-2

男社会で傷ついた女たちが始めたビストロは、各々が抱える問題を共に乗り越えるうち軌道にのり始める。そして遂に最大の敵との直接対決の時を迎えて……。フジテレビ系で放送された人気ドラマのシナリオ！